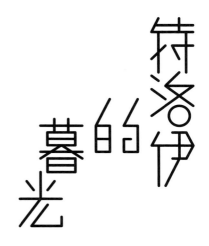

特洛伊的暮光

关于城市的 24 种想象

赵琦 / 著

GUANGXI NORMAL UNIVERSITY PRESS

广西师范大学出版社

· 桂林 ·

特洛伊的暮光：关于城市的 24 种想象
TELUOYI DE MUGUANG : GUANYU CHENGSHI DE ERSHISI ZHONG XIANGXIANG

策　　划：叶　子@我思工作室
责任编辑：叶　子
装帧设计：赵　琦
内文制作：王璐怡

图书在版编目（CIP）数据

特洛伊的暮光：关于城市的 24 种想象 / 赵琦著. --
桂林：广西师范大学出版社, 2021.10
　　（我思记忆）
　　ISBN 978-7-5598-4171-1

　　Ⅰ . ①特… Ⅱ . ①赵… Ⅲ . ①散文集－中国－当代
Ⅳ . ①I267

　　中国版本图书馆 CIP 数据核字（2021）第 164161 号

广西师范大学出版社出版发行
（广西桂林市五里店路 9 号　邮政编码：541004）
网址：http://www.bbtpress.com
出版人：黄轩庄
全国新华书店经销
山东韵杰文化科技有限公司印刷
（山东省淄博市桓台县　邮政编码：256401）
开本：880 mm × 1 230 mm　1/32
印张：7.75　　插页：8　　字数：120 千字
2021 年 10 月第 1 版　　　2021 年 10 月第 1 次印刷
定价：46.00 元

如发现印装质量问题，影响阅读，请与出版社发行部门联系调换。

目　录

城市**之初**

城市**人物**

城市**空间**

城市_{发生}

城市**发生**

城市生活

城市**生活**

上海_{故事}

上海**故事**

城市之初

1　城市诞生之初的模样

城市作为人类最伟大的发明之一，在诞生之初是什么模样？我们对于早期城市的认知，可能来自一个遗址、一片废墟、一些断壁残垣；或是史官的文字记录、历史学家的系统性爬梳；另外，更有意思的来源是文学作品中的描述。

《吉尔伽美什》史诗（以下简称史诗）是美索不达米亚最古老的史诗，经苏美尔人和巴比伦人的口头流传，最终以楔形文字成文。出土的不同语版版本数量众多，而发掘于亚述巴尼拔图书馆的"12块泥板"包含规模最大的原文，是整部史诗的文本基础。这部史诗不仅是一部想象力奇崛、感染力强大的文学作品，其中对于两河流域早期城市乌鲁克的描写，更是给读者展现了在考古领域无法完整获得的生动信息。

A square mile is city, a square mile date-grove, a square mile is

clay-pit, half a square mile the temple of Ishtar:

three square miles and a half is Uruk's expanse.

一平方英里[1]是城区，一平方英里椰枣林，一平方英里是

黏土坑，半平方英里伊什妲尔神庙：

三又半平方英里构成了广阔的乌鲁克城。[2]

乌鲁克遗址于 19 世纪中期被发现，西方考古学家认为它是人类历史上第一座城市。尽管没有直接证据，学者大多认为吉尔伽美什确有其人。在苏美尔王世系表中，他是公元前 2600 年左右乌鲁克的国王。史诗中描写了乌鲁克城的基本组成部分：城区、椰枣林、黏土坑、神庙——一个综合了物质生活和精神生活的特定空间。这看上去不就是最早的城市规划吗？

神 庙

让我们先从乌鲁克城的权力中心"伊什妲尔神庙"（temple of Ishtar）说起。美国著名城市理论家刘易斯·芒福德（Lewis Mumford）认为："人类最早的礼仪性汇聚地点，即各方人口朝觐的目标，就是城市发展最初的胚胎。"城市诞生于大河流域，原因基本有二：一是有大河的地方可以发展农业，从而养育更多人口，产生剩余粮食、剩余劳动力；二是有大河的地方必定有洪水泛滥的危险，需要人们集体协作去"治理水患"。这两件

---

1 1 平方英里约 2.59 平方千米。编注。
2 英文译文引自安德鲁·乔治（Andrew R. George），《新译吉尔伽美什史诗》（*The Epic of Gilgamesh: A new translation*），企鹅（Penguin），2000。该译文直接译自楔形文字阿卡德语，中译文由本书作者翻译。

事情组合在一起，人类第一次被划分为统治阶级（垄断粮食分配、领导水患治理）和被统治阶级。然而，只有实际需求而没有精神层面的凝聚力，是无法让人们从原本封闭却稳定的村落生活中走出来的。[1]

宗教是人们集中到城市来的根本原因。如果没有宗教，没有人类对象征着自然力的神明的祭祀与抗争，治水、建城这些需要动员大量人力的集体性活动，是很难仅仅通过统治-被统治的阶级关系来实现的。城市与城市诞生之前所有类型的人类聚集地的根本不同在于：城市的目的在于侍奉神明，从而在神明的庇护下获得更美好的生活。

早期城市中最重要的建筑物是宫殿（统治者居住）和神庙（侍奉神明的场所），两者或距离很近，或像《吉尔伽美什》史诗中描述的那样合二为一。神庙是乌鲁克的权力中心，无怪乎"神妓"要带恩启都到阿努居住的神庙里去找吉尔伽美什。乌鲁克城信仰两河多神教，崇拜的主神是阿努和他的女儿伊什妲尔（又名伊南娜，是战争、爱情与丰饶之神）。从史诗中可以看出，乌鲁克为他们建造的神庙是城市中最豪华的建筑。不仅如此，神庙的建造具有永久性追求的特点，建造者希望它能够流芳百世，永远庇护这座城市。

Draw near to Eanna, seat of Ishtar the goddess,

---

1 关于精神层面凝聚力在早期城市形成中的作用，可参考刘易斯·芒福德：《城市发展史——起源、演变和前景》，中国建筑工业出版社，2005年，第4—9页。

that no later king could ever copy!

到伊南娜神庙，伊什妲尔女神的住所看看，

后世哪一位国王也无法复制它！

人类和神明的关系错综复杂。英雄人物，同时作为统治者的吉尔伽美什具有"神性"，而且和神有直接的血缘关系——史诗中说，他"三分之二是神，三分之一是人"。但这"三分之一是人"，造成了他和神最大的区别：神是可以永生的。史诗的第 11 块泥板描写了吉尔伽美什试图去寻找"不死"的方法（获得和神一样永生的权利），最终得到了灵药而又被蛇窃取，从而与永生无缘。我们在后来古希腊的《荷马史诗》中看到，不论多么强大的"人"，最后的命运都是死亡。而可以永生的神明则拥有最高的权力，他们用各种方式来让人生，让人死，让人幸福，让人受苦。

另一方面，神明和人一样具有善与恶的"人性"。他们时而给人类制造麻烦，时而又帮助人们解除困境，神明内部以及他们同人类之间，一样会为了各自的利益和喜好而争斗、妥协。人类将自然"拟神化"，侍奉神明的同时也经常同他们作斗争。比如第 6 块泥板的内容，就是吉尔伽美什因伊什妲尔的水性杨花和喜怒无常而拒绝了女神的求爱，这引发了女神的愤怒，女神让"天牛"去攻击他和恩启都，最终后者获胜——这象征着人对于战胜自然力的一种信心。

住在神庙中的吉尔伽美什，权力来自神，但他赢得人民爱戴的原因恰恰是他与神对抗、与宿命对抗的"英雄事迹"。史诗最动人的地方在于，当英雄吉尔伽美什失去了挚友恩启都，失去了永生的机会，回到由他自己所创立和建设的城市，他依然为这座伟大的城市而由衷地感到骄傲——这是人类对于自己拥有创造"文明"能力的一种自豪感。单个的人永远也成为不了神，死亡是宿命。但是人类作为一个整体，却可以通过自身所创造的文明而延续下去，文明最集中的表现就是"城市"。

有趣的是，4000多年后的今天，城市与神明的关系发生了戏剧性的变化：城市在某种程度上取代了"神明"，城市变成了"地球村"的神庙。人们像崇拜神明一样崇拜着城市，人们所能想象到的可以向神明索取的东西，几乎都为城市所拥有；人们亦以为他们想要的东西，都可以在城市中得到。人类是靠"想象"而获得生命存续动力的一种社会性动物，乌鲁克人是这样，当代人也是一样。

椰枣林

椰枣是中东地区的重要农作物，史诗中的"椰枣林"（date-grove）是农业和村庄组织形态的象征。3.5平方英里的城市有1平方英里是农业用地，显然，乌鲁克城当时是"城乡一体化"的管理模式，城市和村庄的关系并不像现在所熟知的那样"分裂"。

当我们试图去寻找城市能够被实实在在辨认出来的源头时，就不可避免地追溯到了大约一万两千年前新石器时代到来前夕，在美索不达米亚黎凡特地区出现的小村庄。那些被考古学家发掘出来的早期村庄遗址，标志着人类十几、二十万年（以智人出现为起始时间）以狩猎和采集为生、到处游动的生存状态发生了变化，开始尝试定居的生活方式。随着新石器时代的到来，这种生活方式在农耕被发明以后，大范围地在地球各个角落流行。依靠土地获得粮食，从而永久性地定居在一个地方，这对于人类来说是一次脱胎换骨的革命。英国人类学家罗宾·邓巴（Robin Dunbar）认为，新石器时代"重点在于'定居'，而不是'新石器'"。

发明了农业，学会了盖房子，制造和使用新的工具，这些新石器时代出现的新现象，比起定居来说，都只是小小的成就。定居给人类带来的是生活方式和思维方式的剧变，自此以后，人类所要解决的真正难题是：共同生活在一个规模庞大、空间密集的社区中所带来的巨大心理压力和社会矛盾。若非定居的蔓延，村庄的产生和脱胎于村庄的城市文明的出现都是不可能的。

城市和村庄的关系，首先表现为前者对后者生产和技术方式的继承。村庄最大的物质生活特点，是各种各样"容器"的发明和使用。容器最重要的功能是"未雨绸缪"，有了容器，人类才可能在今天为明天做打算，比如把丰年的余粮储存在粮仓，用于应付歉收时的粮食短缺。村庄里出现了各种各样的容器，用以储存水和食物的瓶、罐、瓮、钵，用以储存集体物资的谷仓、水池，还有用以储存人本身的房屋，等等，甚至村庄本身就是一个大的容器。城市出现以后，容器功能更加强大，成为刘易斯·芒福德所说的"一个容纳容器的巨型容器"。一方面，城市作为巨型容器，本身就脱胎于村庄的容器功能；另一方面城市所容纳的各种更先进的容器——粮库、银行、武器库、图书馆、商店等——无非是村庄那些朴素、初级容器的高级版变体，本质上都用于储存物质资料和容纳人的活动。

除了物质层面的继承，城市依靠宗教凝聚力而成为"人类大型协作共同体"，这一运作机制也并非从天而降，亦在村庄阶段已经慢慢孕育。除了农业革命，新石器时代的村庄中还发生了一场对人类社会影响深远的"宗教革命"。在狩猎-采集阶段，人类的宗教形式只有"萨满宗教"，它是一种在小范围内进行的个体直接体验型宗教，通过音乐、舞蹈在一块空地上就可以举行仪式，在人的身上产生迷幻效果，从而释放心理压力。而定居后，"教义宗教"出现了，它与"萨满宗教"的区别在于，人类可以通过代理人，即神职人员，间接与神交流，并且这种仪式性的活动空间从空地挪到了神庙中。

教义宗教的出现简单说是因为人口密度的增大和人对神明需求的增多。本来五六个人每个月围着火堆转圈跳舞，就能被神明安抚；现在五六十个，甚至五六百个人需要同时得到安抚，还同时祈求神明帮忙建设沟渠、运河，手拉手一起转圈的形式就显得很难组织和操作了。于是，宗教的形式发生了变化，专门的神职人员来"替代"普通教众与神明直接对话，普通教众只需要每个礼拜到神庙去，聆听神职人员所传达的来自神明的信息就可以了。宗教活动的强度变小了——萨满式的宗教活动通常真的可以致幻——但是频率提高了。更为关键的是，更多的人可以参与到宗教活动中来。从此，人们突破了血缘关系的限制，通过共同信奉一样的"教义"，分享同一个世界观，从而扩大群体合作的范围。教义宗教是城市之所以能够从村庄脱胎而出所依赖的社会心理基础，它让城市成为"人类大型协作共同体"成为可能。

伊什妲尔神庙一定在乌鲁克城建城之前就出现在"乌鲁克村"里了，尽管当时的样子没有后来重建的那么宏伟。城市是围绕着神庙而慢慢扩张起来的，椰枣林作为村庄和农业的象征，并不是被后来的"规划"放到了神庙的边上，它们本来就是连着的。这种自然长成的城市组成部分，关系着城市生活的物质和精神根基。

我们现在所想要捡拾的"城乡一体化"，是城市在发展过程中盲目丢弃的传统。人类对村庄熟人社会所提供的道德和情感纽带的依赖，并不能被城市文明的发展所取代。即便生活在物质生活极大丰盛的城市中，人们依然会不断努力地去形成各种各样的熟人组织和社团，这本质上是试图在疏离的城市生活中重建村庄民风淳朴、邻里互助的社会关系，从而找到归属感和安全感。

黏土坑与城墙

早期城市不一定都有城墙，但是城墙在美索不达米亚地区非常普遍（与该处的地理和气候环境有关），以至于城市的创立者常常就等同于城墙的建设者。根据考古资料，吉尔伽美什并不是乌鲁克城城墙的建设者（至少不是最早的）。乌鲁克城的考古地质分层为18层，而城墙始建于乌鲁克 III 期，即杰姆德·那瑟时代（公元前3100—前2900 年），长 9 公里。史诗是一种将时空高度浓缩的文学形式，好几代人，甚至成百上千年发生的事儿都可以浓缩在一个人身上，所以，吉尔伽美什被描绘成乌鲁克城墙的建设者，甚至乌鲁克城的创立者都不足为奇。

Climb Uruk's wall and walk back and forth!

Survey its foundations, examine the brickwork!

Were its bricks not fired in an oven?

Did the Seven Sages not lay its foundations?

登上乌鲁克的城墙来回走走！

查查那基石，验验那砌砖！

砖难道不是烈火所炼？

基石难道不是七位圣贤所奠？

黏土坑是用于提取黏土的采石场或者矿山，而黏土通常用于制造陶器和砖。乌鲁克城拥有 1 平方英里的黏土坑，说明当时制造陶器和烧砖已经是规模化生产了。陶器作为一种容器，是城市日常生活不可或缺的器皿，而砖的规模化生产是用于建筑的建造。在史诗中我们看到，城市劳动力烧制大量的砖，用来建设乌鲁克城墙。在当时，一般用的砖并不是烧制的，而是从河道取出淤泥后用芦苇绑定放在太阳下烤干而成，工艺简单但不耐用。乌鲁克城墙建造所使用的烧制砖对技术有更高的要求，成品更加经久耐用，建造出来的城墙让统治者和臣民都倍感自豪。

史诗第 1 块泥板上说吉尔伽美什修筑了乌鲁克的城墙，英文译本中的"环城"以"rampart"表示，"rampart"的意思是"a high wide wall of stone or earth with a path on the top, built around a castle, town, etc. to defend it"——材料为石材或泥土，顶部有道路，修筑于城堡周围或城镇周围，功能是防御。

在希罗多德的《历史》中记载了这样一个同城墙的起源有关系的事件：亚述人统治了亚细亚 500 多年后，臣民掀起暴动，其中的米底人在代奥凯斯的领导下成功建立了自己的国家。米底人当时散居在村庄里，没有权力中央，雄心勃勃的代奥凯斯通过扮演一个诚实而正直的乡村纠纷仲裁者的角色，赢得了人民的信任，被推举为国王。取得统治权以后，他首先要求人民为他修建一座宫殿，并建立国王卫队，人民就建造了一座宏伟坚固的宫殿。而后，代奥凯斯要求米底人为他修建一座单独的大城市，要求人民离开以前居住的小城镇，搬到新建的城市居住。于是，在宫殿的周围，人们建造起了一圈套着一圈的城墙，共有七圈，最外面城墙长约 8 英里[1]。

这个故事是统治者从村庄正义的主持者，转变为城市之王的历史过程的浓缩。在故事里，城墙的建设首先是为了保护统治者本人，而防范的对象是其统治下的人民——亚述的被推翻让代奥凯斯深谙内部暴乱的可怕。虽然这个故事要晚于史诗很多年，发生在古希腊的城邦时代，但其中关于城墙起源的线索却具有很普遍的意义。城墙的防御功能是双重性的，对内防止暴乱和对外抵御侵略都很重要。代奥凯斯宫殿外的内城墙显然是用于保护自己，而最外面的城墙是

---

[1] 1 英里约 1.61 千米。编注。

抵抗敌人入侵的第一道屏障。我国东汉《吴越春秋》中亦有类似说法："鲧筑城以卫君，造廓以守民，此城廓之始也。"

He built the rampart of Uruk-the-Sheepfold,

of holy Eanna, the sacred storehouse.

他建造了乌鲁克城的城墙，

神圣的储备仓库，伊南娜神庙的围墙。

从史诗的文本看，似乎两种类型的城墙都是存在的。伊什妲尔神庙外的城墙除了保护在内居住的吉尔伽美什，还要保护里面的粮食（神庙早期是粮食仓库，以便统治者掌握粮食分配的权力）。史诗中对城墙的双重作用亦有所暗指。第1块泥板的内容讲述了吉尔伽美什与人民之间非常紧张的关系，人民对他的残暴和无休止的劳动力征用十分不满。他们向神明抱怨，于是神明创造了在力量上可以同吉尔伽美什抗衡，性格淳朴而仁慈的英雄恩启都。恩启都和吉尔伽美什，其实是被统治者对统治者的一个想象化成两个个体，他们希望统治者对外作战像吉尔伽美什那样残酷不留情，对内统治则像恩启都那样宽容仁慈。如果没有恩启都的出现，人民暴动已经迫在眉睫。第3至第6块泥板，讲述吉尔伽美什和恩启都讨伐森林怪兽芬巴巴，最终赢得胜利并取得了物资资源（杉树）的故事，这应当是乌鲁克同其他城市之间发生过的一场战争的文学化描述。

从公元前 2900 年开始，苏美尔城邦进入一个"诸国争霸"的时代。所有苏美尔人都敬奉相同的神灵，但每个城市分别有自己的保护神。为了争夺水源和有利的商业点，城市之间经常发生冲突。在原本的村庄模式下，发展没有那么迅速，不同村庄的生活模式和生产力水平相差无几。人类一旦进入了城市文明阶段，物质生产力和社会组织水平都开始迅速发展，地区发展的不平衡开始产生并加剧。城市要发展壮大，或通过贸易，或通过战争掠夺。战争的最大好处是：统治者可以借由战争，将内部矛盾转化为同其他统治集团的外部矛盾。吉尔伽美什打败芬巴巴凯旋后，重新赢得了人民的拥戴和政权的稳固，可见战争之于统治者的重要性。柏拉图在《法律篇》中说："每座城市与其他城市都是处于自然的战争状态。"在城市常规化战争时代，城墙抵御外敌的作用逐渐变得非常重要。所以，城墙是否规模宏大和坚固代表了一座城市的综合实力，成为一座城市的象征。

城市之间的战争，后续演变为国与国之间的战争，从城市诞生之初一直延续到上个世纪，直到核武器的发明为人类带来了核威慑之下的局部"和平"。于是城墙终于可以卸下防备，成为纯观赏性的历史遗址。但是，"掠夺"依然无处不在，只不过方式从直接的军事打击变为经济、文化的渗透。

● ● ● ●

《吉尔伽美什》中描写的乌鲁克的城市形态，提供了关于美索不达米亚地区早期城市起源的诸多线索。从神庙在城市中的地位、城市与村庄的关系、城墙之于城市的重要性这几点可以看出，早期城市是在自然长成与统治者规划两个因素同时作用下发展起来的。再看城市后续的发展，好的城市规划，无非是能够在这两者之间取得平衡。除了本文所提及的城市规划角度外，史诗中关于早期城市的描写，还涉及权力制度、行业划分等多方面的内容。这些隐藏在优美诗句中的有趣资料，在 4000 多年后的今天看来，依然闪着金子般的光彩。

2

"阿基琉斯之盾"的城市文明意象

谈到古代希腊，毕达哥拉斯、希波克拉底、索福克勒斯、苏格拉底等一长串人名，就会从曾经的数学、生物、语文等学科的课本上跳出来，再加上奥林匹克、《掷铁饼者》、雅典卫城、民主政治等一系列专有名词，就组合成一个"言必称希腊"的古希腊（前800年—前146年）印象。

上述人物和事物都出现在古希腊古风—古典时期，这其实是希腊历史上很短的一段时间（前800年—前336年亚历山大大帝继位）。许多作家都选择从这个时间段开始写希腊史，日本著名作家盐野七生的《希腊人的故事》，和英国学者格罗特的巨著《希腊史》一样，把书写的起点放在第一届奥林匹克运动会（前776年）。古风—古典时期的确是古代希腊最为辉煌的阶段，但在这之前，希腊已经出现了早期城市文明。

《荷马史诗》中的故事一直被认为是虚构的，直到德国商人施里曼凭一腔狂热，以史诗文本为线索，于19世纪末发现了特洛伊遗址和迈锡尼遗址，世人才惊觉《伊利亚特》所描写的那场伟大战争竟确有其事。

在《伊利亚特》（以下简称史诗）一万五千多行诗句构成的庞大世界中，最吸引我的不是那些英雄人物的传奇故事，而是在第十八卷才出现的"阿基琉斯之盾"。它与史诗的关系是，既休戚相关，又抽离疏远。史诗用一种视觉化的语言，栩栩如生地描述了神匠赫法伊斯托斯为英雄阿基琉斯所造的这块战盾。这一片段引发了后世无穷的想象与解析，许多人尝试用画的形式还原它，文字解读更不胜枚举。本文拟从史诗描述本身出发，梳理其中隐藏的希腊早期城市文明的发展线索，尝试解析阿基琉斯之盾中隐现的城市文明意象。

两个概念

关于"城市文明"。"文明"和"城市"，都属于难以一言蔽之的概念。我们把时间往前推，一直推到"文明"在世界各地最早出现的临界点，会发现在那个时刻——如在美索不达米亚地区，约公元前 3500 年出现的苏美尔文明——"文明"和"城市"几乎是同义词。

"文明"有一个关键特征：它是由陌生人合作创造的。而"城市"正是人类历史上第一个陌生人合作共同体，故"文明"产生于"城市"，而非以亲缘关系为基础的"村落"。英文中的文明（civilization）一词源于拉丁文 civilis，部分意思就是"城市化"。为尽量减少歧义，本文使用"城市文明"作为关键词，以平衡具象与抽象之间的关系。

关于史诗的故事时间与成文时间。《伊利亚特》所描写的特洛伊战争发生在公元前 13—前 12 世纪，为希腊青铜时代晚期，即迈锡尼文明后期；而史诗成文于公元前 8 世纪，为黑暗时代之后的铁器时代早期，亦属于古希腊古风时期（前 800 年—前 480 年）。史诗经历了很长一段时间的口头传诵，最后成文，跨越了三个时代，是一部承前启后的作品。

俄开阿诺斯河：海洋贸易带来城市文明

他铸出大地、天空、海洋、

不知疲倦的太阳和盈满溜圆的月亮，

以及众多的星宿，像增色天穹的花环，

普雷阿得斯、华得斯和强有力的俄里昂，

还有大熊座，人们亦称之为"车座"，

总在一个地方旋转，注视着俄里昂；

众星中，唯有大熊座从不下沉沐浴，在俄开阿诺斯的水流。

……

他还铸出俄开阿诺斯河磅礴的水流，

奔腾在坚不可摧的战盾的边沿。[1]

---

1 本文中史诗译文皆选自 [古希腊] 荷马：《伊利亚特》，陈中梅译，上海译文出版社，2016 年。

神匠在盾面上铸造了大地、天空和海洋，说到唯有大熊座从来不到俄开阿诺斯河去沐浴，又用俄开阿诺斯河磅礴的水流将整个战盾上的世界围绕了起来。俄开阿诺斯（Oceanus, ocean 一词的来源），是俄开阿诺斯河（the river Oceanus）的河神，希腊古典时期海王波塞冬的前身。在《荷马史诗》中，他和妻子忒苏丝是所有神的始祖；在赫西俄德的《神谱》中，他被划为第二代神（地神盖亚和天神乌拉诺斯的儿子），同忒苏丝生下了世界各地的河神与大洋女神——世上所有的水。

史诗其他部分关于俄开阿诺斯河的描写具有强烈的浪漫色彩。作为扁平大地的边界，日月星辰从水中升起再落入其中，比如太阳，"从微波静漾、水流深森的俄开阿诺斯河升起，踏上登空的阶梯"。它的"孕育"功能显而易见，世界从中诞生，又回归其中，一日一日周而复始；这种空间上的画面感又很容易让人联系到抽象的"时间"概念。谈到希腊文明的自然环境基础，第一个想到的就是爱琴海，俄开阿诺斯河孕育出的世界，同爱琴海孕育出的希腊文明，是神话和现实的呼应。而现实中的孕育功能，建立在爱琴海的气候和特别适合海洋贸易的环境基础之上。

征服浩瀚深邃的海洋比征服迂回曲折的陆地要容易。距今 4 万年前，人类已经利用较大船只跨越巽他陆架（现马来西亚、印尼、婆罗洲一带的海陆）和莎湖陆架（现新几内亚一带的海陆）之间约 90 公里的海沟，到达了大洋洲。1984 年，土耳其乌鲁布伦海岸附近，发现了一艘公元前 14 世纪的沉船，这条船从特拉布哈瓦起航（今以色列海法），装载了从古代世界各个角落经由海路、陆路运来的货物——包括乌木制品、河马牙、象牙、玻璃、琥珀、珠宝、青铜器、金银器、铜锭、锡锭等，目的地是土耳其南部。

乌鲁布伦沉船颠覆了今人对当时地中海世界的想象：贸易已经惊人地将近东和地中海联系在了一起。爱琴海（地中海的一部分）适宜的气候和安全的航海环境，让它在远洋轮船发明之前，成为全球贸易（虽然当时的全球范围还没那么大）的枢纽，贸易全球化从那时开始萌芽了。

海洋贸易孕育了希腊第一个伟大城市文明：米诺斯。宫殿和神庙作为考古上最可见的物质证据，通常是早期城市的标配，在克里特，宫殿遗址分布在岛上多处，神庙则以"圣山"的形式出现。将米诺斯作为城市文明看待的主要原因是：其一，规模性的宫殿已经不是村落的组织形式能够胜任的建造任务了，克诺索斯的宫殿占地面积达 22 000 平方米之多，有 1500 间宫室；其二，米诺斯文明显示出很强的"开放性"，各地发现的米诺斯制造的物品显示，它有一个与希腊本土、塞浦路斯岛、叙利亚、小亚细亚、古埃及、伊比利亚半岛及美索不达米亚通商的网络。

米诺斯不是孤立发展起来的，在它之前的 1000 多年，美索不达米亚和埃及的城市文明已经发展起来了。米诺斯文明诞生在位置得天独厚的克里特岛，它正好处在前往上述两大文明地的重要海上航线上。显然，近东地区的文明成果——尤其是"城市"之理念，通过海洋漂到了克里特。而克里特又通过海洋贸易，将城市文明的种子传播到爱琴海地区，尽管在传播的过程中总有"走样"（后文谈到的迈锡尼文明是一例）的情况。

早期城市文明主要被两大引擎所驱动：战争和贸易。固然贸易有着先天的优势，战争却依然一直是统治阶级的重要选项。究其根本，是因为战争比贸易更加符合统治阶级的利益需求。首先，战争有利于内部矛盾的转移，在内部矛盾无法调和的时候，统治阶级可以轻易地通过发动一场战争来将"敌我矛盾"变为主要矛盾，从而维护其统治地位。其次，战争胜利带来的资源，依然牢牢掌握在统治阶级的手中；而贸易则会让商人阶层先富起来，让平民参与到新的财富分配中去，从而对统治阶级构成巨大的威胁。

米诺斯文明在城市文明发展史的早期是很特殊的，甚至可以说具有很强的"现代性"：它是第一个完全依靠贸易存续和发展的文明。后来的历史，一直到20世纪人类发明了核武器，战争引擎才熄火（局部依然顽固地存在），这距离最早的城市、最早的战争，已经过去了好几千年。从这个意义上，米诺斯是现代城市——不靠战争靠贸易——的远古范式。

战争之城：城市文明的倒退与中断

描写完神话色彩浓郁的俄开阿诺斯河，史诗的笔锋一转，接着就说神匠在阿基琉斯之盾上锻造出两座非常具象的城市。我们先来看关于第二座城市的描写。

城内的民众并没有屈服，他们武装起来，准备伏击。

他们的爱妻和年幼的孩子驻守在

城墙上，连同上了年纪的老人，而青壮们

鱼贯出城，由阿瑞斯和雅典娜率领。

两位神祇由黄金浇铸，身着金甲，

神威赫赫，全副武装，显得俊美、高大，

以瞩目的形象，突显在矮小的凡人中。

将其称为"战争之城"，是因为这里正在进行一场由战神阿瑞斯和灰眸女神雅典娜"指导"的城市保卫战。虽然这座城市与《伊利亚特》中的特洛伊并不是同一座（史诗中阿瑞斯和雅典娜站在对立面），但神匠的刻画依据还是从史诗中的战争故事而来的。因相关考古证据的支持，历史学家一般并不否认特洛伊战争的真实性。交战双方，是集中在爱琴海西边的迈锡尼诸城联军——希腊文明核心（迈锡尼文明取代了米诺斯文明），与爱琴海东边的特洛伊城——希腊文明边缘。

特洛伊的位置非常特殊，位于爱琴海和普罗彭蒂斯海（今马尔马拉海）的连接处，赫勒斯滂海峡（今达达尼尔海峡）的入口。该海峡非常狭窄且水流湍急，古代船只难以通过，故而只能依靠路上拖行（船上货物则靠驮运）到达普罗彭蒂斯海。海峡亚洲部分的岸边平坦而带有浅滩，为这种交通方式提供了便利。这里一个石灰岩的断崖是唯一的障碍。特洛伊就位于断崖西南面，从而控制了赫勒斯滂的通道，成为当时连接欧亚两大洲的贸易枢纽。

战争另一方的迈锡尼诸城，与特洛伊比较，或者说，与更早的米诺斯文明比较，在城市形态上呈现出一种向内收缩的特点。"城市"退化成了"城堡"，大多数人口居住在宫殿周边的小型定居点或零星散落的村庄里。高大厚实的防御性城堡围墙，与米诺斯（没有城墙）形成了鲜明的对比。神庙这一早期城市的标配，在迈锡尼难觅其踪。迈锡尼文明在城市文明传播的过程中是一个"走样"的案例，米诺斯的贸易驱动，到了迈锡尼那儿变成了战争主导，武士国王统治着诸城，王宫的形式如防御坚固的营寨一般。"阿基琉斯之盾"上（以及整部史诗中）对战争的描写，是迈锡尼文明的真实写照："伏兵们见状，冲扑上前，迅猛"，"神明冲撞扑杀，像凡人一样战斗"。战争描写的暴力美学取向，印证了迈锡尼文明的尚武核心。

迈锡尼和特洛伊的对抗，就好像是城市之"城"与城市之"市"的对抗。"城市"这个词，最直观的理解，"城"指"城墙"，"市"指"市场"；再进一步，又回到了之前谈到的战争和贸易这两大古代文明驱动引擎。史诗中的特洛伊战争，因为特洛伊王子帕里斯拐走斯巴达（迈锡尼诸城之一）王妃海伦而引起，实际上很可能是居于希腊文明核心位置的迈锡尼，由于青铜时代后期社会内部矛盾难以消化，统治者转而向海外寻求新的统治基础的一种表现。

远在爱琴海另一头的特洛伊，在"海陆""洲际"贸易驱动下呈现出了蓬勃发展的景象，显然让迈锡尼人垂涎三尺。特洛伊战争不是一场美人争夺战，而是一场迈锡尼人发动的贸易权争夺战。史诗中特洛伊战争的结局是两败俱伤，现实中特洛伊城沦陷后不久，主导希腊世界的迈锡尼也遭遇了毁灭性打击。战争主导的文明，再加上宗教性凝聚力量的缺乏，让迈锡尼在面对后来的海上民族入侵时几乎不堪一击。城市文明中断了，希腊进入了长达数个世纪的黑暗时代。

不论战争还是贸易，都有外向性的特点，它们对城市文明的驱动方式偏重于传播而非创造。站在更宏观的角度，希腊青铜时代的城市文明米诺斯和迈锡尼，原创性的部分都不那么明显，它们是更古老文明传播的成果。米诺斯和迈锡尼留给后世的，除了那一堆建筑废墟，似乎没有其他能更令人大吃一惊的东西了。在战争和贸易之外，古代城市文明的驱动引擎是否还有其他选项呢？

理想之城：城市文明的重生

《伊利亚特》最终成文于古希腊古风时期，距离其所描写的特洛伊战争已经过去了好几个世纪。这是一个城市文明重生的时代，而且这一次的重生带着一种绚烂的笔触，在人类文明史上画下了再也无法抹去的色彩。史诗描写阿基琉斯之盾上第一座城市的句子，是与整部史诗核心内容最大相径庭的一段描述。通常，这座城市会与第二座"战争之城"对比而被称为"和平之城"，我认为称之为"理想之城"更为合适一些。

> 他还铸下，在盾面上，两座凡人的城市，精美
> 绝伦。一座表现婚娶和欢庆的场面，
> 人们正把新娘引出闺房，沿着城街行走，

打着耀眼的火把，踩着高歌新婚的旋律。

小伙们急步摇转，跳起欢快的舞蹈，

阿洛斯和竖琴的声响此起彼落；女人们

站在自家门前，投出惊赞的目光。

市场上人群拥聚，观望

两位男子的争吵，为了一个被杀的亲人，

一笔偿命的血酬。一方当众声称血酬

已付，半点不少，另一方则坚持根本不曾收受；

两人于是求助于审事的仲裁，听凭他的判夺。

人们意见分歧，有的为这方说话，有的为那方辩解；

使者们挡开人群，让地方的长老

聚首商议，坐在溜光的石凳上，围成一个神圣的圆圈

手握嗓音清亮的使者们交给的节杖。

两人急步上前，依次陈述事情的原由，

身前放着两个塔兰同的黄金，准备

赏付给审断最公正的判者。

　　不愿称之为"和平之城"，是因为这座城市与那一座"战争之城"并不在同一个历史时间段。首先，"战争之城"上的人物关系虽然与史诗故事中的不完全吻合，但在其他方面是一致的，故可以认为"战争之城"与史诗故事是同时期的；"理想之城"中描写的那一个类似"刑事附带民事诉讼"的审理场景，让人联想到的显然不是城堡林立、戒备森严的迈锡尼，而是史诗成文的古风时期，甚至是紧接着的古典时期。

其次，在司法场景的描述中，有一个明显的新现象："仪式性"从宗教领域来到了世俗领域。"围成一个神圣的圆圈""手握节杖"都具有明显的仪式性。此外，以往这种仪式性场面的核心人物不是神就是王，是一个明确的具有统治意涵的人物，而这里的中心人物是"地方长老"。长老作为仲裁者是一个古老的传统，但是长老在"市场"上，在市民的围观（监督）下，以仪式性的方式去审理案件，这一切组合在一起，发生的时间很有可能是史诗成文的古风—古典时期。

延续上述关于司法仪式的探讨，这里其实出现了一种"民主化"的政治意味。民主政治在古风—古典时期的希腊城市中，是一项热火朝天的实验，对后世产生了深远的影响。《伊利亚特》成文的时候，距离雅典的"梭伦改革"还有约 1 个世纪，后者是雅典民主改革的先声。"理想之城"暗示了这一改革的到来，民主的力量已经在逐渐积聚。为后世津津乐道的古希腊人的民主，连同他们精确健美的人体雕像、诗歌、戏剧、哲学、科学等东西，被希罗多德概括为"希腊性"（hellenikon）。

我们之前谈到了战争和贸易的外向性特点。希腊性的出现之所以那么重要，是因为它非常抢眼地展现了一种"内部动力"驱动的城市文明进步。不是说古风—古典时期的希腊没有战争和贸易了，而是说它们的风头完全被希腊性盖过了。

内部动力从何而来，似乎是个很难完整解答的谜题。但是希腊人在迈入新的铁器时代之际，有两项"新事物"显得特别耀眼。第一项是腓尼基人带来的字母表。在青铜时代晚期，希腊语用线性文字 B 来书写，有 200 多个符号和标志，而铁器时代早期，希腊人用的文字系统不超过 30 个字母，甚至可以用来书写极富韵律与节奏感（希腊人进一步创造了 5 个元音字母）的气势恢宏的史诗《伊利亚特》，这一切都得益于腓尼基人通过贸易带来的字母表。

第二项是新的军事技术"重装步兵"，这套技术的核心是攻防方阵，密集方阵中的每一个手持武器的士兵，用圆形盾牌重叠起来，盾牌保护的是侧面队友而非自己；战斗的关键在于坚守队形、集体肉搏，《伊利亚特》式的"单挑模式"在此毫无用武之地。最重要的是，士兵来自"市民"而非雇佣军和常备军，于是普通人和权贵一样，肩并肩出现在方阵中——这种战争中的平等是公民政治上平等的催化剂，希腊人的"平等"很可能就是从这里来的。

有了字母表，更多人可以去表达和传播自己的思想；有了平等，更多人发现了自己的重要性，更愿意投入创造性的活动中。每一个平凡的个体，忽然都有机会变得举足轻重。希腊城市的内部动力，某种意义上就是"个体创新力"的迸发。城市文明在这个点上的重生具有了全新的意义，它塑造了城市与人的全新关系，这种关系的本质性足以穿越欧洲中世纪的迷雾，直指现代。

● ● ●

阿基琉斯之盾在某种意义上，是希腊古代城市文明发展的图像简史。海洋之于希腊，是一个占主导地位的自然环境因素，米诺斯文明和迈锡尼文明直接受益于经由海洋贸易"泊来"的近东地区的城市文明理念；黑暗时代尾声，海洋又以更复杂的方式来帮助希腊进入全新的古风—古典时期，其中一项就是腓尼基人的字母表，为新的个体创新力驱动的城市文明奠定了基础。海洋之于古代希腊，不只是贸易，也是吸收，是传播，是与世界始终保持顺畅、高效联通的纽带。

阿基琉斯之盾上的两座城市，并不只是表面上的战争与和平，第一座城市充满了理想城市的色彩，并隐含了后续城市发展的线索。这两座城市最大的不同在于：战争之城是"神的城市"，而理想之城是"人的城市"。《伊利亚特》是一部英雄史诗，浓烈、深沉的战争场面十分震撼人心，但对英雄时代的缅怀与歌颂还不足以成就这部史诗的伟大。在阿基琉斯之盾上，我们可以清晰地看到一个用批判性思维所建构的世界。在这个世界中，从"神的城市"到"人的城市"之划时代变革已然显现。

3　　　　　东门：《诗经》中的城市密码

在固有观念中，《诗经》总是同自然、乡野联系在一起，故而读到和城市有关的内容就会特别留意。所以读《诗经》的时候，读到和城市有关的内容就会特别留意。比如《国风》中有五首诗都以"东门"为题：《郑风》两首，《东门之墠》《出其东门》；《陈风》三首，《东门之枌》《东门之池》《东门之杨》。

继续查找，发现《诗经》中有关城门的描写，不见西门和南门，北门只出现了一次，那是一首官吏抱怨生活贫苦和工作繁重的怨诗。这么一比较，五首"东门"诗就有些耐人寻味了。《郑风》《陈风》主要是春秋时期的创作，本文就围绕这五首"东门"诗，来探一探其中所包含的春秋时期的城市密码。

"东门"是正门？

引发怀疑的原因除了"东门"多次出现外，还有来自诗歌内容的线索。这五首诗皆以景化情，描述了"东门"外的景物。《东门之墠》中的墠（音 shàn，经过整治的郊野平地）、栗（栗子树），《东门之枌》

中的枌（榆树）、栩（柞木属植物），《东门之杨》中的杨（白杨），均属于普通景物，无甚特别。而《出其东门》第四句说"出其闉阇（音 yīn dū），有女如荼"，《说文解字》释"闉"为"城内重门也"，是瓮城门的意思（后文详论），说明该城门的防御等级很高；另一篇《东门之池》，"池"指护城河，这又是防御等级高的一种表现。

东门是正门？乍一听有些不可思议。的确，我们通常熟悉的古代城市、皇城、宫城，通常都遵循坐北朝南的规划原则来建设，以南门为正门。典型如北京城的"正阳门"（内城门）和紫禁城的午门（宫城门），不论在形式和功能上都显示出南门作为正门的重要地位。但是坐北朝南、南门为正是自古有之的吗？纵观古代城市的演变史，发现越是往前推，这条原则就越显得晦暗不明。

先把时间往前推到曹魏，曹魏王都邺北城的平面复原图（图1）中，所显示的规划特点可以简略概括为：以南北中轴线为核心的规则平面分布。

中国古代城市的形态演变，根据考古学家许宏的看法，可以分为曹魏邺北城之前的实用性阶段和曹魏开始的礼仪性阶段。"拥有南北向长距离的都城大中轴线、城郭里坊齐备的古都布局，可以上溯到北魏洛阳城和曹魏都城邺北城（更早）。"[1]

所谓礼仪性阶段的"礼仪"指的是《周礼·考工记》中关于城

---

1 许宏：《大都无城：中国古都的动态解读》，生活·读书·新知三联书店，2016 年，第 3-4 页。

市规划的标准，其中两句写道："匠人营国，方九里，旁三门。国中九经九纬，经涂九轨，左祖右社，面朝后市。"我们知道，历史上没有一座城市是完全依照这个标准来营建的，但标准中所蕴含的南北中轴线和规则平面分布原则，对后世的城市规划影响极大。如果依照这两点，曹魏邺北城的确是第一座礼仪性城市。有南北中轴线的城市一定是坐北朝南、南门为正的，从此这就成为了城市规划的基本原则之一。

曹魏邺北城是非常清晰的坐北朝南，再往前推呢？根据考古学家刘瑞的考证[1]，在清晰和晦暗的交接处，有一座奇特的城市从原本的坐西朝东改为坐北朝南，那就是汉长安城。（图2）

早期坐西朝东的证据主要体现在城门的等级上：当时东侧三门外都有双阙，而宫城未央宫有东阙、北阙，长乐宫和建章宫均有东阙。刘瑞认为阙（城楼）作为特殊礼仪性的标志性建筑，它的朝向和建筑以及城市的朝向具有高度一致性。而后期坐北朝南的转变则反映在城市中轴线的变化上：西汉晚期，王莽在南郊建设了一套新的宗庙祭祀建筑，包括辟雍、九庙、官社、官稷等，原来东西向的轴线"霸城门—直城门"变主为从，南北向"西安门—未央宫前殿—横门大街—横门"成为城市主轴线。显然，在整座城市改为朝南的情况下，南门就变成了正门。

从示意图中，可以清楚地看到，汉长安城朝向演变前后的主轴

---

1 详细考证见刘瑞：《汉长安城的朝向、轴线与南郊礼制建筑》，中国社会科学出版社，2011年。

线都不是中轴线，和曹魏邺北城以中轴线为核心的规划理念有本质区别。坐西朝东时期的汉长安城，显然正门在东门。

那汉长安城之前呢？容易得到的一个假设是：之前的城市都是坐西朝东的。这样的话，春秋时期"东门为正"就立刻可以得出结论了。然而考古方面，情况却是晦暗不明的，并没有十分可信的证据支持该假设。主因是战国时期城市大规模增建、改建，破坏了许多春秋时期的结构，所以了解春秋时期的城市变得很困难。

有一种说法认为，坐西朝东源自周人的礼制。《礼记·曲礼上》有云："为人子者，居不主奥。"——周人以室中西南隅为尊长居住之处，小辈是不能住的。故而在建设城市的时候也以此为原则，把宫殿建在西南隅，城市坐西朝东布局。该说法的主要依据是：战国时代出现了很多西城（宫城）东郭（居民区）的城市，包括洛阳王城、齐都临淄、鲁都曲阜、韩城新郑、赵都邯郸、楚郢都、燕下都。但这只能说明宫城和居民区的东西尊卑关系，并不能说明整座城市整体朝向问题。既然坐西朝东存疑，那么以此来判断东门为正显然是缺乏依据了。但是，经过上述论证，至少南门为正的思维定式已经可以被打破了。

春秋处于实用性造城阶段，根据考古遗址的发掘情况，比较客观地说，当时的城市可能并没有十分明确的朝向，大多根据自然因素综合考虑建城。而不论城市是规则朝向还是不规则朝向，都需要有一个正门。我国大部分地区在北温带，根据北温带太阳移动的范围，北门和西门作为正门是不太可能的，"东门"作为城市正门在地理原理上应该可以作为一个备选。

抛开城市朝向问题，来看看有什么其他证据可寻。

春秋末期史书《左传》中多次提及郑国都城的"东门"，其中一则重要的内容是关于发生于公元前 719 年（春秋早期）郑庄公时期的"东门之役"。当时，春秋五霸尚未形成，郑国称霸一时。东门之役大概的剧情是：卫国州吁弑卫桓公自立，向郑国报复前代国君结下的怨恨，纠结了陈、蔡、宋攻打郑，"围其东门，五日而还"。（《左传·隐公四年》）

这场看似无功而返的东门之役，开启了郑庄公与众诸侯后续一连串的战争。不久"郑人侵卫牧，以报东门之役"（《左传·隐公五年》）。在而后的诸侯与郑国之间的战争中，东门亦多次被提到，可见它在战略上的重要性。清陈启源《稽古编·附录》关于此事议论曰："意此门当国要冲，为市廛之墟欤！故诸门载于《左传》，亦惟东门则数及第一。"——意思是东门是郑国要塞，也是百姓居住的地方，故《左传》才会多次提及。

幸运的是，《左传》中东门之役提到的东门在考古领域是有实证的。东门之役发生地——春秋时期郑都新郑——已在现河南省新郑市市区周围被发现。图 3 即为春秋战国时期郑韩故城示意图。（郑韩故城本为郑国都城，公元前 375 年，韩国兼并郑国，迁都于郑。）

从图上看，该城以西边双洎河与东边黄水河为界限，依地形而建，没有明确朝向。北面筑城墙；西面以双洎河直接取代城墙用作防御；南面的城墙筑于河道之外（春秋时期）；东面北侧城墙连北面城墙筑于黄水河河道之内，南侧沿着河道筑墙，一直到与南城墙相交。从地形上看，南面地形过于复杂，城墙与河流所形成的区域仿佛是城市的边缘地带，显然东门作为正门更有说服力。

《国风》大部分是周天子为了解各地民风而派人采集的歌谣，一个诸侯国文化最发达和最能表现国民性格的地方是都城，故而采诗官很可能在诸侯国的都城就完成了任务。《东门之墠》《出其东门》在内容上与史料和考古亦无冲突。故我倾向于相信这两首诗中的东门与《左传》所提到的，以及上述郑韩故城示意图所显示的，乃是同一座城市的东门。因此，判断"东门"是郑国国都新郑的正门。至于《陈风》中的东门，目前尚无考古证据来佐证。

"东门"宜谈情？

《郑风》《陈风》五首"东门"诗在主题上出奇地一致：皆关乎男女恋情。《东门之墠》讲恋人不得相见的苦恼，《出其东门》讲美女如云但我心中只有你，《东门之枌》讲约会之欢乐，《东门之池》讲男子诉衷情，《东门之杨》则讲情人爽约。为什么"东门"和谈情说爱会有如此紧密的关系呢？

上文中谈"东门"的时候，没有详细说明一个细节，即该门指的是郭城而非宫城的城门。宫城和郭城的概念区别是探究春秋时期"东门"问题的前提。"筑城以卫君，造郭以守民"，这里的"城"

指的是宫城，亦称内城或小城，是王公贵族居住的范围；而"廓"则为郭城，亦称外城或大城，是普通百姓居住的地方。根据许宏的考证，从二里头文化到汉代实用性城郭阶段，城市的基本形态是宫城加郭区，大都没有外郭城（没有城墙遗址证据），郭区是比较松散的；但是春秋战国时期郑都新郑、齐都临淄、鲁都曲阜是内城外郭的形态，郭城有城墙，"东门"即开在郭城的城墙上面。既然郑、齐、鲁三国都城都已被发掘，就来看看其中有没有能够解答东门谈情问题的线索。

郑都新郑

在新郑郑韩故城示意图中，城市中部的城墙，是战国时期修建的，形成了当时比较普遍的西城东郭的城市形态，东郭为百姓居住区。在图中可以看到，手工业制作区都集中在城市东部。而在春秋时期，宫城尚未被单独分割，位于郭城之内的西部，百姓的主要活动区在东部。

齐都临淄

考古证据显示，临淄齐国故城（图4）郭城城墙建造年代自西周至春秋晚期不等，而嵌入郭城西南部的宫城，始建于战国早中期。春秋时期的宫城根据《左传》《史记》中的线索，应当位于郭城之内。图中文化堆积的东北部高地很可能是宫城所在的位置范围。而图中冶铁、冶铜、制骨等手工作坊的遗址也集中在东北部，和宫城区呈现区域交叉的情况。鉴于战国时期宫城显然改到西南部，那么东北部即使有过宫城，也没有持续很长时间，后期成为百姓的主要活动区。

鲁都曲阜

考古证据显示，曲阜鲁国故城（图5）的外圈郭城城垣为西周至春秋时期遗址，其他城垣为后世遗址。目前尚未发现确定的宫城遗址，但根据《春秋》中的记载（成公九年、定公六年出现了"城中城"的记载），宫城应当位于郭城之内。另外，在郭城北部、西部和东北部发现了周代冶铜、制骨、制陶、冶铁等手工业作坊遗址，可见百姓的活动范围相对而言是集中在西北部到东北部的。

根据上述三个故城遗址春秋时期的考古证据分析，发现当时宫城位置偏西南，郭城位置偏东北，也就是说百姓的主要活动区是偏东北向的。另外，《易·说卦》曰："万物出乎震。震，东也。"东方是孕育生命的方位。由于地理上的便利（主要）和心理上的美好期待（次要），东门作为百姓活动区的主要城门以及谈恋爱出东门，显得顺理成章。

"东门"有瓮城？

《郑风·出其东门》提到"出其闉阇，有女如荼"。东汉许慎《说文解字》解释"闉"为："城内重门也。从门，垔声。"清段玉裁《说文解字注》曰："闉，曲城也。阇，城台也。阇谓之台。阇是城上之台。谓当门台也。阇既是城之门台，则知闉是门外之城，即今之门外曲城是也。故云闉，曲城。阇，城台。"按段玉裁的解释，闉（曲城）和阇（城台），共同构成了一种类型的城门，示意如图6。

城门是一种双重功能的建筑，而且这两种功能是相反的：一为开放，即让人能够通过；一为封闭，即阻挡人通过。在和平时期，第一种功能占主导；战时则第二种占主导。闉这个词由"门"和"垔"组成，而垔的意思就是阻挡。《尚书》中有"鲧垔洪水"，意思是鲧用阻塞的方式治理洪水。以阻挡为主要功能的门为闉，而这种功能直接指向了战争时期的城门防御。故而，尽管当时并没有"瓮城"这个词，闉阇实际上指的就是瓮城。

瓮城的产生和城墙一样，是一个世界性的城防现象，因战争而产生，并因战争规模的不断扩大而进一步升级完善。交战时，城门是最薄弱的环节。瓮城的建设性主要在于两重城门之间有"瓮区"，这个区域将原来只能死守的城门变得可守可攻。就守而言，双重门不仅加大了敌军破门的难度，且可以利用四面的高墙夹击瓮区的敌军。瓮城最妙在于攻，可在瓮区内排兵布阵，主动冲击敌军，且由于还有一道城门而不用担心进攻时被敌军直接破城。（图7）

"出其闉阇"是目前发现的文字记录中最早关于瓮城的记载，但是瓮城出现的时间要更早。我国目前最早的瓮城遗址疑为垣曲商城西南部城墙附近，西墙和南墙外皆发现了平行于内墙的城墙，长度分别为 280 米和 175 米，这可能是瓮城早期的不是非常经济的形式。《说文解字注》认为闉是"曲城"，即半圆形的瓮城，说明在清代人眼中，春秋时期的瓮城是半圆形的——这实际上已经是早期商代瓮城的改良版了。

2016 年，郑韩故城考古发现，北城门一带，城墙缺口外侧约

50 米处，有一道大致呈东南一西北走向的夯土墙基，墙基顶部现保留的部分宽度约 15 米，高度在 2 米左右，长度约为 70 米。这条夯土墙基和城墙缺口两侧向外突出的墙体结合在一起，构成了完整的瓮城体系。（图 8）虽然这座瓮城的方位并不是在"东门"，但为春秋时期郑都有瓮城提供了证据。郑国在春秋早期战事颇多，所以城门的防御功能加强，出现了瓮城。瓮城的记载在该时期其他史书上几乎没有发现，可以推测郑国处于当时城防建设的领先地位。

● ● ●

通过对《诗经》五首"东门"诗中城市密码的破解，关于春秋时期的城市，可以得到的信息有：第一，东门作为城市的正门，在郑都新郑这个案例上有考古和史料依据，后世坐北朝南的城市规划原则在春秋时期是没有可信证据的；第二，东门之所以宜谈情，与春秋时期城市东北部地区是百姓聚集区有直接关系；第三，郑都新郑有瓮城，这是文字记录中第一次提到瓮城，但这很可能是瓮城已经发展到了一定阶段的新形式。

实际上，除了本文所论及的东门，《诗经》还有多篇关于城市的诗歌，如《商颂·殷武》记录商王武丁修建商邑，《大雅·文王有声》记载周文王如何"作邑于丰"，《小雅·黍苗》歌颂周宣王大臣召伯建设谢城，《郑风·子衿》有最早关于"城阙"的记载，等等。这些诗歌除了让人不要总误以为《诗经》只同乡野有关，亦为了解西周到春秋时期的早期城市提供了非常宝贵的线索。

城市人物

4   莎翁戏剧里的"另一个"威尼斯

　　在现代文学作品中，威尼斯通常以一个既浪漫又有些哀婉的形象出现。托马斯·曼字字珠玑的中篇小说《魂断威尼斯》，描写功成名就的作家在威尼斯偶遇一位绝美少年，激情和灵感在迟暮时被再度激发，却也因此踏上了一条追随美的不归路；石黑一雄的短篇小说集《夜曲》中有一篇《抒情歌手》，讲述欲东山再起的过气歌手与妻子重游威尼斯，歌手在贡多拉上为妻子动情献上分手的情歌；华语作家阿城写了一本《威尼斯日记》，内容并不都关于威尼斯，但威尼斯特有的文艺和浪漫气质显然赋予作者不少灵感。

　　这些作品是威尼斯作为一座现代文化旅游名城的注脚，加上闻名世界的两大活动——威尼斯电影节和威尼斯双年展，这座城市持续吸引着各国游客前去一睹风采。

　　曼妙风光的背后，有着震撼人心的历史，威尼斯远不只是旅游城市，而且是一座发生过许多惊心动魄故事的世界性城市。不如沿着文学作品的河流，上溯到文艺复兴时期的莎士比亚戏剧，去看一看另一个威尼斯。

　　作为文艺复兴的源头，意大利对莎士比亚的影响极大。尽管关于莎翁是否去过亚平宁半岛，至今依旧是个悬案，但他的戏剧有三分之一的故事发生在那里，包括《罗密欧与朱丽叶》（维罗纳）、《终成眷属》（佛罗伦萨）、《驯悍记》（帕多瓦），等等。其中，以威尼斯为背景的戏剧有两部：《威尼斯商人》和《奥瑟罗》，前者讲述不同族裔间的借贷法律纠纷，后者则以奥斯曼土耳其帝国进攻威尼斯控制的塞浦路斯岛为背景。不只是巧合，这两部戏指向了威尼斯历史上最核心的两件事：海洋贸易与海洋战争。

《威尼斯商人》：威尼斯的海洋贸易

据相关学者考证，《威尼斯商人》的写作时间在 1596 年至 1598 年间。这个故事和莎翁许多其他戏剧一样，取材于多部先前出版的文学作品，其中最早的参考书是 13 世纪的拉丁文故事集《罗马人的事迹》和 1378 年的意大利故事集《呆子》。前者只贡献了彩匣择婿的情节，且并不发生在威尼斯，而后者则贡献了主要故事情节。

从最宽泛的角度，可以认为《威尼斯商人》的故事发生时间，上至公元前 10 世纪末威尼斯取得亚得里亚海制海权后，下至 1598 年。这段时间，威尼斯凭借海洋贸易，从小渔村发展成西欧第一经济强国。"威尼斯商人"是在世界贸易中举足轻重的一群人，是沟通东西方贸易的纽带。

在巴珊尼向夏洛克借钱的场景中，经由夏洛克的嘴，观者了解到安东尼是一个"有身价的"大贸易商，他有若干条商船，分别开去了的黎波里、印度群岛、墨西哥、英格兰等地。这里，威尼斯商人从事贸易的"全球性"可见一斑。但有两个点是莎翁的艺术处理。

其一，安东尼拥有若干条商船是不太可能的。威尼斯海洋贸易的一大特征是国家主导，1255 年固定航线制度建立，虽然最初存在私人船队，但很快就国有化了。剧中属于安东尼的那种航程遥远的大型商船，是禁止私有的。

这种"共同体"意识下的贸易模式，是威尼斯称霸地中海的制度基础，它避免了大商人独占商船，为中小商人参与海外贸易提供了公平的机会，从而防止了国家经济僵化，也是威尼斯长期维持"共和国"政治体制的保障。威尼斯的头号竞争对手热那亚，则拥有完全相反的民风。热那亚人偏好单打独斗，共同体意识较弱，贸易市场被巨贾独占，虽然他们在航海和造船技术上不亚于威尼斯人，但始终没能超越威尼斯的海上贸易地位。国家干预和自由经济的优劣对比在这个案例上似乎也说明了一些问题。

其二，印度群岛、墨西哥并不是威尼斯的贸易目的地。的黎波里位于地中海沿岸，是传统的贸易目的地，而英格兰及附近地区则在 14 世纪才纳入威尼斯的贸易航线，到达那里需要驶出直布罗陀海峡，沿大西洋东岸北上，是威尼斯国家船队最远的航线，也是唯一的大西洋航线。

莎翁的生活年代是 16 世纪后半叶至 17 世纪初，这个时代发生的最重要的事是"地理大发现"（15 至 17 世纪），葡萄牙和西班牙政府支持的航海家率先进入了大西洋未被探索过的海域，法国、荷兰、英国紧跟其后，也加入了新航线的探索。在这种背景下，莎翁将新的贸易目的地写到剧本里面不足为奇。尽管在莎士比亚时代，西印度群岛（位于美洲）已经为欧洲人所知晓，但东印度群岛在当时已是非常重要的香料供应地，而且在达伽马发现通往印度的新航线后，可以直接经海路到达，所以剧中的印度群岛应该是指东印度群岛。墨西哥当时则处于被西班牙人殖民的过程中，从而也进入了全球贸易体系。威尼斯人从未将自己的航线开辟到东印度群岛和墨西哥，在"地理大发现"时代未能适应国际贸易新体系的挑战，正是其渐渐衰落的原因之一。

《威尼斯商人》中，还提及了与发达的海洋贸易相配套的两个重要的制度和行业：法制和金融业。剧情主线是安东尼和夏洛克的一场借贷纠纷，安东尼无力偿债后所说的一段话可以代表威尼斯的法治精神："大公不能拒绝受理他的诉讼；外邦人在咱们威尼斯，明文规定，自有应享的法权，一旦给否认了，那就动摇了国家立法的根本——影响了人家对这个城邦的信心。"大商人安东尼心里很清楚，威尼斯商业繁荣的基础在于对不同人群公平地执行法律，而这正是剧中这场诉讼得以展开的立足点——正义必须在法律之下实现。威尼斯的法律中有一条足以证明其当时领先于欧洲各国：神职者在共和国领土上的犯罪，由威尼斯法庭审判而不是教会法庭。最后安东尼"胜诉"的依据不是道德，也不是正义，依然是法律。

威尼斯的金融业在剧中的代表人物是犹太人夏洛克。相对郁郁寡欢的安东尼（一说是因为对巴珊尼的同性之爱），夏洛克是一个精气神儿十足的主角，莎翁也曾写下本剧的另一个剧名：威尼斯的犹太人。所以，这部剧的第一男主角应该是夏洛克，而不是除了对朋友的无私奉献却无其他"看点"的安东尼。夏洛克作为一个犹太人，在威尼斯从事的是高利贷行业——金融业的一个组成部分。金融业的起源就是有息放贷，要是都像安东尼那样无偿借款，这个行业就不会存在。在剧中，犹太人是饱受歧视的种族，连前来借钱的安东尼都没什么好态度（所以他很不招人喜欢），对夏洛克百般侮辱。这背后不仅仅是对犹太人放高利贷的敌视，更是不同宗教信仰下对有息放贷的不同理解。

从古老的犹太教中衍生出来的基督教，教义就是耶稣和门徒们对《旧约》内容的解释，其中《申命记》对借贷教规的解读为：只要不是敌人，就是兄弟，所以，几乎不可以对任何人做有息放贷，有息放贷等同于偷盗。从公元332年开始，教会正式禁止有息放贷，违者死后将被打入炼狱底层。而犹太教学者却在公元1世纪到5世纪（罗马统治时期），致力于对《圣经》进行生活化的解释，对《申命记》相同的这一条，区分了"兄弟"和"外方人"，只有犹太人是"兄弟"，其他人都是"外方人"——这样的解释，使得犹太人可以向"外方人"进行有息放贷。故而，安东尼作为一个基督徒借钱给别人是不可以收利息的，但犹太人夏洛克却可以向基督徒收利息。在商言商，安东尼对可以从事金融业牟利的犹太人的鄙视，就不知是真的鄙视还是出于嫉妒了。

也是因为上述教义，犹太人被欧洲各国排斥和驱逐，一部分人逃难到威尼斯。宗教色彩不那么浓厚的威尼斯共和国，对犹太人的态度是欢迎但限制，他们被准许成为威尼斯市民，进行商业和金融业活动，但必须聚居在特定区域内。作为金融业的一个组成部分，犹太人的有息借贷在贸易之都威尼斯，定是起到了促进经济发展的作用，正如他们后来在世界金融中起到的独一无二的作用一样。而金融业和威尼斯的法治，一起构成了贸易强国的重要基础，千年海都威尼斯在地中海贸易时代保持着持续繁荣。

《奥瑟罗》：威尼斯的海洋战争

硬币不可能只有一个面，代表威尼斯的这枚硬币，正面是海洋贸易，反面是海洋战争。晚于《威尼斯商人》的剧作《奥瑟罗》，将背景从威尼斯本土拉到了临近奥斯曼土耳其帝国的塞浦路斯岛，主角亦从商人变成了海军将领。《奥瑟罗》的背景相对《威尼斯商人》要明确得多，一般认为主要故事情节取材于意大利作家钦蒂奥于 1565 年出版的《故事百篇》中一篇名为《威尼斯的摩尔人》的短篇。莎翁的再创作将故事的背景细化，剧中第一幕说到，威尼斯得到土耳其人大举进犯塞浦路斯的情报。历史上，这个真实事件发生在 1570 年。

威尼斯乃一隅之地，处于当时东西方势力的夹缝地带，因抓住了贸易机会而发展成地中海强大的商业城邦。海洋贸易是国家的立国之本和发展之源，为保障和促进海洋贸易，公元 10 世纪末皮耶罗·奥瑟罗任元首时期，威尼斯就开始在地中海沿岸建设"海上高速公路"——布置军事性的城塞，控制制海权，保护商船的安全通行。

军事行动也好，和平谈判也好，威尼斯的目的是争取和保障贸易的权利，而从来不是为了扩张领土或争霸世界，对于控制的地区通常都由其自治。

地中海东部有两座大的岛屿：克里特岛和塞浦路斯岛。这两座岛屿对地中海贸易来说是战略要地，也是威尼斯维持其贸易地位必须控制的地点。威尼斯首先得到的是克里特岛，那是在 13 世纪初第四次十字军东征胜利后，威尼斯人获得了新建的拉丁帝国八分之三的领土，其中有包括克里特岛在内的地中海众多岛屿。共和国将这些岛屿分配给了名门望族，让其依照国家的基本方针管理。克里特岛作为东地中海最大的岛屿，在拉丁帝国分割领土时归属于孟菲拉特侯爵（第四次十字军东征的统帅），威尼斯用特撒利和 1 万马克的代价将克里特换到手中，一直到 1669 年被土耳其人夺走。

塞浦路斯岛未被威尼斯直接占有，在 13 世纪后半叶，亦属于威尼斯国家固定航线中的重要目的地和中转地，奴隶被商人们从黑海沿岸贩卖到该岛充当农奴；经由塞浦路斯，商人们将欧洲的纺织品、金属制品、玻璃制品等销售到叙利亚、巴勒斯坦等地，又从这些地区进口香料、丝绸、染料和农产品。

同克里特岛不同，塞浦路斯岛属于法国殖民地，为香槟公爵家族所控制，所以威尼斯在该岛的经济利益不是独占的，而与其海上第一大对手热那亚共享并竞争。14 世纪后半叶，热那亚舰队占领了塞浦路斯第一大港马古斯塔，胁迫塞浦路斯王改变亲威尼斯政策，威尼斯当时在处理匈牙利进犯达尔马提亚地区的事，无力顾及塞浦路斯，于是将该岛的经济权益拱手让给了热那亚。而在赢得对热那亚决定性胜利的基奥贾战役后，威尼斯却在1381年签署的"都灵和议"中认可了热那亚在塞浦路斯的政治特权。再度控制塞浦路斯，是到了1489年，嫁给塞浦路斯王的威尼斯贵族之女卡特丽娜·科尔纳罗在丈夫死后所掌握的政权（其幼子登基）被那不勒斯人支持下的尼科西亚大主教篡夺。威尼斯人助其夺回政权后，其幼子的死亡引发了更多动乱，威尼斯人遂让卡特丽娜退位并实际控制了塞浦路斯。

回到《奥瑟罗》的威尼斯。这时，奥斯曼土耳其帝国在1570年出兵塞浦路斯，距离其第一次和威尼斯交战已经有100年了。而土耳其人此次出兵的原因竟是嗜酒成性的苏丹塞利姆，想要将当时最好的葡萄酒产地塞浦路斯据为己有。塞浦路斯虽然在地理位置上靠近地中海东岸和奥斯曼土耳其帝国，但这座岛屿是十字军被伊斯兰人赶出东方世界后，依然属于基督教势力范围的唯一残存。苏丹一意孤行占领了全岛，并包围孤城法马古斯塔，震动了基督教世界。

在教宗庇护五世的支持下，欧洲天主教国家组成了包括威尼斯、西班牙、热那亚、圣约翰骑士团、托斯卡纳、萨伏依、乌尔比诺、帕尔马等天主教国家的神圣同盟，前来救援。双方在帕特拉斯湾（距离塞浦路斯还很遥远）进行了一场西方自古典时代以来规模最大的海战——勒班陀战役。虽然这场战役以奥斯曼帝国战败告终，但威尼斯再也没有夺回塞浦路斯岛。莎翁剧中，土耳其人进犯塞浦路斯，舰队未到达目的地，就在巨浪中全军覆没，这恐怕是莎士比亚时代的西欧对东方伊斯兰教奥斯曼帝国普遍仇视和恐惧的心理表现。

自古以来，贸易和战争就是一对不可分割的冤家。没有强大的军事力量，生意是做不起来的。贵为"地中海女王"的威尼斯，先是和同为意大利城邦国家的贸易劲敌热那亚交战，断断续续打了一百多年，后又遭遇异军突起的奥斯曼土耳其帝国，又打了两百多年，《奥瑟罗》中塞浦路斯岛之争是其中一个缩影。

● ● ●

莎翁戏剧的故事情节通常曲折离奇，人性描写亦是复杂而激烈，《威尼斯商人》和《奥瑟罗》也不例外。除开这些"戏剧性"的要素，在这两部关于威尼斯的剧作中，对故事背景稍加探究，就会发现莎翁对民族性格的把握也非常精准。

在《威尼斯商人》中，通过一桩离奇的诉讼案件，莎翁笔下展示了威尼斯从个体到整个国家的一种"商业精神"。剧中人物都在商业逻辑和法律规范下行事，除了安东尼和夏洛克，巴珊尼也拥有一颗典型的商业头脑，他借钱的目的是装点门面，娶到富有的波希霞，其实是一种投资思路。这种"商业精神"或曰"商人思路"，是威尼斯人最本质的特点。这种特点根源于威尼斯的地理和资源环境，身处亚德里亚海深处的浅滩，威尼斯仅有的自然资源是盐和鱼。要生存，除了开展对外贸易，别无他法。谁知，这不得不从事的事业竟然在几百年时间里，将威尼斯塑造成为欧洲第一经济强国。在地中海贸易时代，恐怕没有一个国家的商人能和威尼斯商人相提并论。

不知莎翁在看到钦蒂奥《威尼斯的摩尔人》的故事时会不会这样想：我已经写过一个关于威尼斯商人的故事，这次应该写一个关于威尼斯海军军人的故事。《奥瑟罗》其实也隐约呈现了威尼斯海洋战争中的一种"被动"特征，即一直以防御为主要策略。要知道，威尼斯曾经不仅是西欧第一大经济强国，也是第一大海军强国。令我感到惊奇的是，尽管一路都在为制海权和贸易自由而战斗，威尼斯人似乎从未想要大举侵略其他民族或别国的土地。执着于做生意，而不像许多其他国家和民族那样权力欲膨胀，这可能还是商人本性使然。这样看来，商人就显得有点可爱了。

莎翁的时代也是威尼斯开始走向衰落的时期，东有奥斯曼土耳其的称霸野心，西有打开新航路欧洲新势力的崛起，《威尼斯商人》和《奥瑟罗》某种意义上可以看作一代海洋贸易强国、"地中海女王"威尼斯的挽歌。

5 "呼愁"的伊斯坦布尔，"作家"帕慕克的诞生

帕慕克实在是太聪明的作家，《伊斯坦布尔：一座城市的记忆》作为一部回忆录，在他笔下就像另一种形式的悬疑小说那么有趣。整本书讲述的是伊斯坦布尔为什么最终塑造了作家帕慕克，而不是画家、建筑师，或是其他职业的帕慕克。姑且顺从作家的写作特点，以"小说"之背景、情节和结局为线索，读一读这本图文并举的回忆录。

背景："废墟"伊斯坦布尔

罗金斯表明，如画之景由于是偶然发生，因此无法保存。毕竟，景色的美丽之处不在于建筑师的意图，而在于其废墟。

——摘自《伊斯坦布尔：一座城市的记忆》

如果没注意本书中故事的时间跨度——文字和照片所描述的大约是 1950—1975 年的伊斯坦布尔，读者会为书中所呈现的"废墟"城市而感到震惊。上述时间段是帕慕克从出生到决定成为作家的前半段人生，此时的伊斯坦布尔是一座被废墟之忧伤浸透的城市。帕

慕克的童年见证了一段"拆除"的历史，一座座帕夏官邸被夷为平地，昔日奥斯曼帝国的堂皇建筑被尽数拆除，处处是"废墟"，处处可"呼愁"（土耳其语的"忧伤"）。

包括帕慕克在内的伊斯坦布尔人都不得不面对这样一个现实：伊斯坦布尔是一座不再"那么"重要的城市，尽管它曾地位显赫。公元前5500年（一说前7400年）的黑海大洪水事件，在地理上奠定了这座城市举世无双的基因，席卷而来的大洪水冲刷出博斯普鲁斯海峡，从而将此处变为横跨欧亚大陆的地区，一个世界级的城市在历史长河中诞生和不断演变。

它曾有过三个名字，个个都振聋发聩：拜占庭——虽然早有先民定居，善于书写历史的希腊殖民者最早把自己的名字留在了伊斯坦布尔的史册中，他们先在博斯普鲁斯海峡东岸建起迦克墩，又终于在易守难攻的西岸建立起新城池（公元前7世纪）；君士坦丁堡——330年君士坦丁大帝成为东西罗马的唯一统治者之后，重建拜占庭并定都于此，这个决定在西罗马帝国覆灭后，助力罗马帝国又延续了约一千年之久；伊斯坦布尔——奥斯曼土耳其人崛起之时，这座城市拥有了一个伊斯兰的名字。名字背后是伊斯坦布尔辉煌的历史，这里是一个文明的交融之地，也免不了是兵家必争之地。

和所有伟大的城市一样，这座城市一次又一次变成废墟，又一次又一次在废墟中重生。公元194年，赛维鲁为了报复拜占庭人支持他的死敌奈哲尔，将城市夷为平地，一直到君士坦丁大帝的重建才恢复了昔日繁华；532年，查士丁尼大帝在位期间发生了尼卡大暴动，狂热的暴民将城市的大部分地区付之一炬；1204 年，在威尼斯执政官恩里科·丹多洛的统帅下，十字军野蛮洗劫了这座城市，甚至将伟大的君士坦丁堡图书馆摧毁。反倒是 1453 年君士坦丁堡陷落时，因穆罕默德意图定都于此，故派出先遣部队保护了城中重要的建筑物。

历史是循环表演的舞台，童年的帕慕克只不过又一次见证了伊斯坦布尔另一段"废墟化"的过程。对废墟的强烈感受，甚至于热爱和沉迷，可能是艺术家的一种共性。废墟为什么具有如此之大的魔力？帕慕克写道："我喜欢那排山倒海的忧伤，当我看着旧公寓楼房的墙壁以及斑驳失修的木宅废墟黑暗的外表——我只在伊斯坦布尔见过这种质地，这种阴影——当我看着黑白人群匆匆走在渐暗的冬日街道时，我内心深处便有一种甘苦与共之感，仿佛夜将我们的生活、我们的街道、属于我们的每一件东西罩在一大片黑暗中，仿佛我们一旦平平安安回到家，待在卧室里，躺在床上，便能回去做我们失落的繁华梦，我们的昔日传奇梦。"而艺术史学者巫鸿关于怀古诗的一段论述，则可作为上述心理描写的对照："怀古诗的意义并不局限于文学，而更是代表了一种普遍的美学体验：凝视（和思考）这一座废弃的城市或宫殿的残垣断壁，或是面对着历史的消磨所留下的沉默的空无，观者会感到自己直面往昔，既与它丝丝相连，却又无望地和它分离。"[1]

---

1 [美]巫鸿：《废墟的故事：中国美术和视觉文化中的"在场"与"缺席"》，肖铁译，巫鸿校，上海人民出版社，2012 年，第 15 页。

痴迷于废墟是痴迷于"我"不曾经历过的那段繁华，虽不曾经历过，但它参与了"我"的塑造，本质上是一种不可抵抗的自恋，不是对"我"的着迷，而是对一切可能构成"我"的事物和缘由的一种整体性的着迷。这是创作者最擅长的领域："我"不仅是一个自然意义上的概念，也是一个历史意义上的概念，对于"我"在纵深时间范围内的挖掘，构成创作的必由路径之一。这种"自恋"是创作者所必须具备的品质，创作是挖掘自我的过程，是绞尽脑汁、呕心沥血的自我解剖——而自恋，是这一切的终极支撑。废墟是伊斯坦布尔的背景，也是帕慕克的背景，废墟将所谓"呼愁"深植于作家的心中，而作家则有机会在废墟之上构建同废墟一样本质与恒久的东西。

情节：寻找"自我"

这让人想起日本著名小说家谷崎润一郎的一则故事，在对日本传统房屋予以夸赞，并以钟情的语调详细描述其建筑构造之后，他跟妻子说他绝不住这种房子，因为缺少西方的舒适设施。

——摘自《伊斯坦布尔：一座城市的记忆》

帕慕克在这部回忆录以及其他作品中所表现出的矛盾性和漂泊感，在博斯普鲁斯海峡分割了欧亚大陆之时已经埋下了种子。在西方，一直到土耳其共和国成立前，这座城市都被叫作"君士坦丁堡"；而在奥斯曼土耳其人那一边，即便是 1453 年征服前，已经有许多人将这里称为"Islam-bol"（意为伊斯兰无所不在）——东方和西方、伊斯兰教和基督教的竞争，在城市的命名上就布满隐喻。

同许多东方国家一样，奥斯曼帝国面对欧洲在工业化和现代化道路上的一马当先，感受到了在历史大潮中不进则退的困境，更何况其首都的一半在欧洲。然而传统的顽固阻碍了奥斯曼人的改革，直到帝国终结，依然没有跟上欧洲的脚步。1923 年土耳其共和国成立后，在凯末尔主义的主导下，土耳其全面西化，力图缔造一个现代、民族、世俗的国家。

本书描述的时间段中，土耳其经历了飞速发展的工业化，同时由于左翼激进政治运动的发展导致政局动荡，凯末尔主义受到了挑战，最终"土耳其－伊斯兰一体化"取代了"世俗－民族主义"。"东方"与"西方"的矛盾纠结一直充斥在帕慕克的回忆之中。对于普通民众而言，西化最直观的吸引力是摆脱没落帝国的衰亡，以及由此带来的心灵创伤。而西化和现代化必经的"抛弃传统"（尤其是宗教）所带来的精神空虚，却没有任何东西可以填补。在帕慕克家中，除了女仆外，没人在地毯上跪拜、斋戒、低声祷告，然而"看在真主的分上"之类的话语依然被挂在嘴边，"在此意义上，你可以说我们家这类家庭就像无神论的欧洲中产阶级家庭，缺乏勇气划清最后的界限"——作家如是说。

帕慕克在 12 岁以前经历过对伊斯兰教的"痴迷"，整本书中《宗教》那一个章节是最打动我的。对宗教的情感从客观角度来说，是对未知的敬畏，是人类在科技进步面前残存的谦卑。更入世一点的说法是，帕慕克和其他伊斯坦布尔人一样，对现代化充满了渴望，但又恐惧传统文化与身份的丢失。

凯末尔选择了把民族主义与现代化进行嫁接，从而黏合精神空虚所带来的人与人之间的心灵离散。然而对于一个长时间浸淫在伊斯兰教文化中的民族而言，对神的"敬畏"是很难消除的，"敬畏"所带来的慰藉也是民族主义不能完全取代的东西。所以，尽管在凯末尔时代，少年帕慕克依然敏锐地感受到了宗教的"内疚"本质，这种内疚来自对曾经有过的神秘体验不够敬畏，也来自"跟信仰她的人保持距离"。一定程度上，西化是当局和精英阶层的倡导，而宗教是普通人的基本情感，帕慕克的内疚更大程度上是基于与广大同胞未能产生"共情"的一种反思。在"西化"和"伊斯兰"之间的摇摆，是当时帕慕克思想领域的主题，尽管12岁以后他不再考虑"信仰之心和归属之心之间无法估量的矛盾关系"，但是对伊斯兰文化的全面研究和探索终究占据了他生命中重要的位置。尽管从古到今伊斯坦布尔实际上是一座多种语言、多元宗教的城市，帕慕克的血统是东方的，最终他选择成为一名"文化穆斯林"，用文学去解析、去书写伊斯兰，塑造了他作为一名土耳其作家的独特之处。

结局："作家"帕慕克的诞生

> 伊斯坦布尔的命运就是我的命运：我依附于这个城市，只因她造就了今天的我。
>
> ——摘自《伊斯坦布尔：一座城市的记忆》

如果没有经历一场以心碎告终的初恋——心碎可能是任何爱恋的必然结局，帕慕克会不会成为一位伟大的画家呢？无疑，伊斯坦布尔的历史和文化对他的影响，如同一棵参天大树扎在泥土中的根基，而建筑师和画家这两个选项的排除，则是基于另一些曲折偶然的原因。

帕慕克的祖父曾在伊斯坦布尔大学念土木工程，和许多中产阶级家庭一样，帕慕克被认为应该念工程，但由于他热衷于绘画，家人决定让他念建筑。帕慕克在书中似乎从未表露出他对建筑的"热爱"，只是没有反对而已。而绘画则一度占据了他生命中最重要的部分，这是第一件让这个多愁善感的孩子感受到自己或许与众不同的事。

上学后不久，帕慕克就发现了绘画的乐趣，首先是在其中感受到的无忧无虑，其次是由此所获得的赞扬。然而很快，他就发现了绘画是体察世界的绝妙方式。绘画与写作的不同之处在于：在画家和描绘对象之间存在一种沉寂与静穆的氛围，甚至有些神圣的意味。绘画的沉寂可以让人顿悟生活和生命，如帕慕克画画时长时间观察他的家人，感受到"奇特的颤抖通过我的身躯"，幸福一家人的画面中"却有某种东西让我们看上去像祖母多塞进她博物馆房间的三件家具"（祖母的家就像博物馆）。令人陶醉（有时幸福有时痛苦）的不是顿悟本身，而是对真相的洞察与接近。当一个创作者感受到了这些，他已经在艺术的道路上起步了，因为艺术唯一的目的就是通往真相。写作也有某些"神圣"的时刻，但却是另一种完全孤独的、没有任何参照的自我挣扎与超越。读者可以在这本书中发现，帕慕克试图在写作与绘画之间寻找某种"想象"与"观看"的平衡。也可能并不是初恋的心碎让帕慕克放弃了绘画，而是那一段恋情让他在试图成为画家的道路上第一次感受到了自尊的受挫。"我父亲不看好你，因为你想当画家……你将成为一个穷困潦倒、喝得烂醉的画家，我将成为你的裸体模特儿……他怕的是这个。"这是少女的真诚与真实，倘若她再经历一些爱与人生，恐怕便不会把父亲的原话告诉心爱的人儿，因为她同时也把自己的担忧和困惑袒露出来，这比来自别人的话更加伤人。帕慕克对绘画的爱似乎随着初恋的不辞而别而消失殆尽了，当他用一种可以称之为"技能"的东西赢得了一份爱情，却无法使用它去留住爱情的时候，挫败感很可能让他选择远离它。

然而即便是放弃了绘画，看罢这一本回忆录，谁也不会怀疑帕慕克必定会成为一名创作者，因为他是如此热烈地想要通过自身的才华与努力，重新成为世界的中心。成长是一个从中心到边缘的过程，小时候"我"是世界的中心，"我"所居住的地方、那些街区邻里就是世界的中心；而长大就是一个慢慢认识到"我"并不是中心的痛苦过程。亿万人群中只有那么几个幸运儿重新让自己回到了世界的中心，他们可能是军人和政客，也可能是建筑师、画家、作家。与前者所需要付出的身体上、精神上艰苦卓绝的努力相对照，后者看上去简直"投机取巧"，一块小小的画布、一叠小小的稿纸，独自在一个角落的默默探索，就有可能创作出永垂不朽的作品。我不是说创作多么容易，事实上创作是世界上最艰难的事情之一；而是说，人类的共情能力赋予了创作者这样的优越机会，让他们可以完全依靠个人的力量变得伟大。在伟大面前，世界是友善的，也是慷慨的，哪怕你遗世独立，世界依然不吝为你喝彩。"创作"千百年来始终是最吸引人的一种智力活动，原因就在此。

帕慕克对绘画的热情消退了，但对于创作的热情却与日俱增。"我要成为作家。"——书中这样结尾，尽管前文的铺垫并不太多且藏得有点深。感谢故事以这样的方式结局，毕竟小说比绘画更有机会到达普通人的手中。

6　《都柏林人》的天主教、男女与死亡

公元 842 年冬，常年侵扰爱尔兰岛海岸线的维京人绕过霍斯海岬，沿黎菲河而上，在名为 Dubh Linn（爱尔兰语，意为"黑池"）的地方抛锚登陆，并于河畔修筑起第一道围栏。一千多年后，最初的海盗小镇成为詹姆斯·乔伊斯在《都柏林人》中所描写的爱尔兰第一大城市。因书中内容"犯众怒"，1905 年之前已完稿（初稿，后作出某些修改）的《都柏林人》，于 1914 年才得以出版。乔伊斯 20 岁出头时，就写下了这部精妙而杰出的短篇小说集，惊世骇俗的《尤利西斯》在其中已然影影绰绰。

对天主教晦涩而尖锐的批判

乔伊斯在写给出版商格兰特·理查兹的信中表露，他试图写一部国人的"道德史"。《都柏林人》中，爱尔兰人的道德与宗教深刻纠缠在一起，天主教深度侵入私人和公共生活。整部小说集充满了反讽，对天主教的批判晦涩而尖锐。

《姊妹们》讲述童年的"我"对弗林神父的死亡抱有一种"困

感"心理。神父在某种程度上是"我"的老师,然而"令我奇怪的是,不论我自己还是天气,似乎都没有哀伤的意思,我甚至还不安地发现自己有一种获得自由的感觉,仿佛他的死使我摆脱了某种束缚"。更讽刺的是,弗林神父作为布道者,本身的精神状态却异常脆弱。表面上,他因打破了圣杯而变得郁郁寡欢,读者不难发现一些更深层次的精神和信仰问题困扰着他。在身体瘫痪之前,他的精神更早地瘫痪了,这种"瘫痪"状态在整部《都柏林人》中,竟是信奉天主教的爱尔兰人普遍呈现的精神面貌。

神父死亡事件中的"我"对宗教产生了困惑,《一次遭遇》中,"我"开始想要逃离。"我打定主意,至少花一天时间摆脱令人厌倦的学校生活"——天主教当时掌管绝大部分的公共教育,在教会学校里,学生不能看《半便士奇闻》之类的任何世俗读物。"我"顺利逃离了学校,去了码头,乘渡船过了黎菲河,逛了伦森德,虽然心里有些疲惫,旅伴也不甚令人满意。就在这次闲逛步入尾声之时,"我"在河岸的斜坡上遇到了一个白胡子老人,他的需要用"鞭打"的方式来教育孩子的看法,让"我"震惊并慌乱得想要离开。这个故事中的"我"暂时逃离了学校,但终究逃离不了宗教教育对社会的渗透以及成人世界对少年的操控。

对天主教最晦涩的批判,莫过于《圣恩》。乍一看,该篇似乎在说宗教之于成人世界的道德指引作用,而实际上,乔伊斯极尽反讽地揭露着教会的虚伪性。故事起因于柯南先生酗酒受伤,引发好友想要借宗教活动让他重新做人;中间部分,诸好友与柯南先生进行了一场宗教主题对话,朋友们巧妙说服了他去参加耶稣会（天主教会的主要男修会之一）静修活动；小说的高潮部分，描写了静修仪式中神父"精彩"的布道：珀顿神父（与都柏林著名的红灯区珀顿街同名）同在座的政商界人士沆瀣一气，用教义的"个性化"解释来美化世俗追名逐利的行为，以期保持教会对世俗生活的控制。

天主教之于爱尔兰的影响是两面性的。一方面，天主教在塑造爱尔兰人民族性过程中起到了关键作用。17世纪初，英格兰完全占领爱尔兰岛，爱尔兰人同殖民者的斗争围绕着天主教、新教信仰而展开。1829年《天主教解放法案》的通过，才迫使殖民者放弃了改变爱尔兰天主教信仰的目标。天主教是爱尔兰形成独立民族并最终成为一个独立国家（爱尔兰于1949年4月宣布成立共和国，自动退出英联邦）的信仰边界。

另一方面，教会对世俗生活的钳制也深刻地影响了爱尔兰的进步与发展，改革需求十分紧迫。乔伊斯笔下，儿童被赋予了一些清醒的反叛精神，成人世界对宗教的态度则是顺从的功利取向，他将笼罩在都柏林人身上瘫痪、麻木、停滞的精神状态部分归罪于天主教对人的桎梏。

男性角色无激情，女性形象更多元

15个短篇中的男男女女，都生活得不很顺遂，每一个人都被束缚在既定的生活范式中，没有太多选择。女性主义者也许会感到欣慰，乔伊斯对待不同性别的态度是不太一样的，对女性的同情要远甚于男性。

都柏林的男人们受制于经济和社会发展的滞后，前途黯淡。坑蒙拐骗的流浪汉，怀揣诗与远方的梦想却囿于现实生活的公务员，酗酒且对孩子家暴的小职员，没有能力去爱的单身男人，各种人物对现实充满了敌对和不满情绪，却又不采取任何积极措施去改变现状，甚至在自己的小世界里自暴自弃。

《一小片阴云》中，海的那边充满希望和激情的伦敦是死气沉沉的都柏林的对立面。彼时，东边的英帝国受惠于工业革命正如日中天，西边的爱尔兰仍然是一个大农村。去了伦敦的加拉赫从穷困潦倒变成报业明星，留在都柏林的小钱德勒守着一份毫无激情的公务员工作，和同样没有激情的婚姻生活，悔恨而无力。《痛苦的事件》描写了中年单身男子的一次桃色事件：杜菲先生也曾积极参与社会政治活动，迟迟未到来的变革以及党派的分裂让他失望，从此封闭在自我的精神世界中独善其身。面对肉体的激情，他选择了退缩，直到四年后获悉爱人死去，才质疑自己对所谓道德和孤独的追求是否真的有意义。

相对于男性的"丧"，都柏林的女人们显得更有激情一些，然而却受到来自性别本身的顽固束缚。女性渴望婚姻，但现实使婚姻成为奢侈品。乔伊斯的时代，爱尔兰经历着大饥荒后的萧条，晚婚、不婚很普遍，出现在《姊妹俩》《死者》中的老姐妹们是当时常见的单身老妇形象。《泥土》中的玛利亚虽然"不得不笑笑说，她既不要戒指也不要男人"，但"眼睛中流露出失望的羞涩"——不婚对她而言是被动的，毕竟"尽管岁月销蚀，她发现自己小巧的身躯仍然娇嫩健美"。《公寓》则描写穆尼太太处心积虑想把女儿嫁出去，她有策略地任由女儿去勾搭男人，并以道德要挟对方接受婚姻。然而，对婚姻的渴望并不能带来婚姻的幸福，穆尼太太本人就遭遇了醉鬼丈夫，《一小片阴云》《何其相似》等篇目中的婚姻，也毫无幸福可言，人们只是从一种不婚的痛苦进入了另一种结婚的痛苦。

乔伊斯亦写了几位试图冲破束缚的女性，以及她们所遭受的阻力。《伊芙琳》精彩地探讨了女性在自由与束缚之间的挣扎心理。处于父权、家庭作坊式生产方式的不公正的压迫下，到底还有什么能够阻挡女性的逃离，去建立属于自己的新生活呢？是自由伴随的危险还是束缚捆绑的安定？伊芙琳在最后关头却步了。《母亲》中的基尔尼太太热情又认真地参与操办一场由女儿担任伴奏的音乐会，然而负责团队却懒懒散散地并不想把事情做漂亮，甚至拖欠女儿的演出报酬。无奈之下，基尔尼太太只能选择让女儿罢演来争取权利。此举却使她遭到了孤立，人们普遍认为一个有教养的女士不应该因金钱而打破固有的秩序。基尔尼太太的遭遇，反映了男权对女性虚伪的道德要求：男人可以不诚信，女人则必须隐忍、良善。

男男女女的痛苦，的确与不完美的外部世界大有关联，但乔伊斯的批判侧重点是这些人懦弱、胆怯、虚伪的内在世界。他对男性的批判是激烈的，整部小说中几乎没有什么形象高大的男人，而对女性则抱有更多同情。他写女人的处心积虑、尖酸刻薄，也写她们的敢爱敢恨、宽容隐忍，相对于男性表现出来的丧和颓废，女性的形象更加多元。

死亡：始终如一的主题

死亡是《都柏林人》始终如一、最核心的主题。小说集以一个死亡事件开始，另一个死亡事件结尾，中间篇目涉及大量有关死亡的话题。关于死亡的种种探讨，最终都导向了乔伊斯试图让人们直面的问题：爱尔兰人的精神死亡。

《姊妹们》通过儿童的视角来看待一个死亡事件。神父肉体瘫痪的原因不得而知，而通过姊妹俩的口述，他的精神崩溃始于一次打破圣杯（圣杯代表耶稣的身体，打破圣杯是摈弃精神信仰的象征）的事件。在"我"的眼里，"老神父静静地躺在棺材里，与我们看到他时一样，带着死亡的庄严和痛苦，一只无用的圣杯放在他的胸上"——圣杯是无用的，神父的精神早在圣杯打破前就死去了。乔伊斯用这个开篇故事引出了他想探讨的死亡主题。

《泥土》一篇的篇名，解释了主角玛利亚在万圣节抓阄环节摸到的"又软又湿的东西"是何物，而泥土在爱尔兰文化中象征着死亡。玛利亚重新抓阄摸到了祈祷书，暗示了她将来的选择。尽管神职人员在爱尔兰的社会地位很高，玛利亚本人还有着对激情的向往，她颤抖地唱着"我最高兴的还是梦想你爱我一如既往"，现实却是康奈利太太期待着她去当修女——玛利亚的世俗生活被看似和睦相处的亲人判处了死刑。

《委员会办公室里的常青节》记述了一个集体死亡记忆，即对爱尔兰民族独立运动领导人帕奈尔逝世的记忆。这位政治家曾经成功团结了诉求不同的各大派系，并争取到英国首相对《爱尔兰自治法案》（后未通过）的支持。他的死让爱尔兰人难以忘怀，也在乔伊斯心中留下了不可磨灭的印象。乔伊斯这样描述爱尔兰人听说帕奈尔死时的反应："帕奈尔！帕奈尔！他逝世了！人们跪下，痛苦地哭泣。"（《青年艺术家的画像》，长篇小说）海恩斯先生在该篇小说最后朗诵的诗歌，揭露了帕奈尔死于"现代的伪君子""怯懦之狗""阿谀奉承的教士"之手——爱尔兰人的精神死亡迫害了帕奈尔，后者的死亡也对前者的死亡起到了加速作用。

在最后一篇《死者》中，私人的死亡记忆被赋予强烈的浪漫主义色彩。一首《奥芙里姆的少女》让格丽塔回忆起恋人殉情的往事，加布里埃尔无论如何都没有想到亲密的妻子心中，深锁着这样一段刻苦铭心的恋情。格丽塔的坦白让他进一步感受到生活中一切人与事的无常性，那些热闹、温情的背后皆为虚空，"他自己本身也逐渐消失到一个灰色的无形世界：这个实在的世界本身，这些死者曾一度在这里养育生息的世界，正在渐渐消解和缩小"。从开始到最后，乔伊斯一步一步揭示着他的死亡观：死去的人未必真的死去了，而活着的人未必真的活着，精神上的死亡比肉体上的死亡更加可怕、更加卑微。

从《都柏林人》开始，乔伊斯的作品就让人不太容易读懂了，本文也不过是在普通读者的能力范围内对全书进行的粗浅解读。幸运的是，即便不去理会书中大量的反讽和隐喻，这部小说集依然可以让人对 20 世纪初都柏林人的形象有一个清晰的认知，更毋庸说文字本身的感染力。什么是死亡？什么是活着？《都柏林人》离我们并非那么遥远，它的价值历久弥新。

7

19 世纪末伦敦女权众生相

　　取得肯特大学英语文学学士、兰开斯特大学英语文学硕士后，萨拉·沃特斯（Sarah Waters）在伦敦大学玛丽女王学院拿到了博士学位。她的论文题目为"狼皮与宽袍：1870 年至今的女同性恋与男同性恋历史小说"。

　　沃特斯的学术背景是其小说与众不同的根基所在。在博士论文即将完成时，她就迫不及待地开始了《轻舔丝绒》的构思和创作。因此，这本小说除却被读者广为赞叹的故事性之外，扎实的学术研究带来的社会性和批判性也十分突出。《轻舔丝绒》是一个女同性恋（以下简称"女同"）故事，同时亦是一个伦敦故事和一个女权故事。它发生在 19 世纪末维多利亚时代后期，呈现出女权主义在伦敦这座传奇都市的各种奇异表现形式。

小说故事的女权运动背景：世界女权运动的第一波浪潮

　　故事的主体情节发生在 1888—1895 年的伦敦城。这座城市当时正被包裹在世界女权运动第一波浪潮的高潮里。时间上，第一波女权运动（一般认为其时间段为 19 世纪 40 年代至 20 世纪 20 年代）紧接着第一次工业革命（约于 18 世纪 60 年代至 19 世纪 40 年代）而发生，后者最大的特点表现在"机器"的发明及其大规模运用上。

"机器"弥补了女性与男性先天的劳动能力差距。同时，"机器化大生产"也瓦解了以家庭为单位的社会生产结构。女性得以同男性一样进入劳动力市场（据统计，1888 年，女工约占英国工业劳动力的 1/4），参与到工业化生产的新经济中，伴随而来的必然是经济地位的提高和个体独立性的增强。第一波女权运动的核心，是解决女性经济地位不断提高与政治地位依然低下的不协调状态，目标是争取与男性平等的政治权利。

把《轻舔丝绒》放到上述大背景下就会发现，"女同故事"只是小说具有的丰富维度中的一维。事实上，沃特斯在叙述中安排了大量有关女权的人物、线索、细节，用批判性的笔触，精心描绘出一幅 19 世纪末伦敦女权众生相。

众生相最中心的人物，是小说的第一女主角南希。整个故事围绕她先后发生的三段同性恋情和三位女性情人而展开。故事发生的地点从滨海小镇到伦敦，从各大剧院到穷街陋巷，从西部富人区到东边贫民区；出现的人物有小镇淳朴的牡蛎餐馆一家、剧院圈子的各种角色、上流社会的贵妇组群、工人阶级的男男女女，等等。有关女权的主题，就被安插在这些令人目不暇接的地点和形形色色的人物身上。

男装丽人：女权的一种戏剧表达

"你吃过惠特斯特布尔的牡蛎吗？"小说的第一部分，讲述滨海小镇牡蛎餐厅爱唱歌的小女儿南希，爱上了前来巡演的男装丽人（male impersonator）姬蒂，在狂热的单恋状态下，以服装师身份同她一起到伦敦发展，因机缘巧合也成为一名男装丽人演员的故事；这段恋情以姬蒂最终无法面对自己的性取向，选择嫁给经纪人沃尔特而告终。

基于将女性的活动范围严格限定在"家庭"的男权制的社会控制理念，东西方文化在历史上曾不约而同地禁止女性参与戏剧表演。在英国，现代戏剧起源于教会，为了让文盲和低文化水平的教众能更好地理解教义，弥撒的一些部分会以简要的戏剧化表演呈现。同不允许女性担任神职工作一样，参与该项"表演"的人，被严格限定为男性。

这种宗教性的表演后来慢慢从教会脱离出来，有了自己的生命力，最后发展成正式的戏剧。然而拒绝女性表演者的做法却一直被延续下来，原因是男权对表演行业的垄断。莎士比亚戏剧的核心女性角色——奥菲利亚、克利奥帕特拉、朱丽叶等，最初都是由年轻俊美的男性（姑且称之为"女装俊男"）扮演的。一直到17世纪下半叶，女演员才得以登上舞台，亲自出演原本由男性错位替代的女性角色。

以男装丽人作为一部维多利亚时期历史小说的描写对象，很有时代性，也十分绝妙。19世纪与20世纪之交在戏剧舞台上出现的男装丽人，是女性第一次在公共生活领域以"男性"身份抛头露面的实践。与之前的"女装俊男"不同，"男装丽人"是主动地、挑战性地自主选择了男性的外表。

小说中，姬蒂首次现身的时候，"穿着一套剪裁得体的男士西服，袖口和前襟镶着闪亮的丝绸。翻领上别着一朵玫瑰，前袋里插着一副淡紫色的手套。她背心下面穿的是雪白笔挺的衬衫，立领有两英寸高。她的领口系着一个白色蝴蝶结，头上戴着一顶礼帽"。这是当时男装丽人演员的典型形象，她们看起来像帅小伙，但又在细节之处"穿戴"细腻的女性符号。她们表演的内容，通常包含带有一定讽刺性的歌词和对男性举止讽刺性的模仿。

男装丽人与女权主义在心理层面上有着非常微妙的联系。女性对自身"第二性"地位的反思，首先来自"身体上"两性生理性别的差异。这种生理差异如何最终导致男尊女卑的社会地位差异，是女权主义先行者所思考的重要问题之一。

男装丽人首先挑战的，就是男女生理性别的差异。表演者在生理性别之外，获得了一种"表演性别"，在戏剧世界中毫无障碍地"践行"了男性的生活状态。其次，男装丽人也挑战了女性在心理层面亦必须作为女性的桎梏，在非黑即白的男权制性别观念上，创造出了一个本就存在的模糊地带。戏剧表演是人类的一种本能。从某种意义上说，人类是通过"表演"来进行个体和群体身份构建的。

当代女性主义学者朱迪斯·巴特勒（Judith Butler）提出："性

别不应该被解释为一种稳定的身份，或是产生各种行动的一个能动的场域；相反地，性别是在时间的过程中建立的一种脆弱的身份，通过风格 / 程式化的重复行动在一个表面的空间里建制。"[1] 这个观点具有相当深刻的创见，本质上，性别难道不是同其他被拟制和信奉的符号一样，是人类用以进行身份构建的整个"表演体系"的一个组成部分而已吗？

历史学者不常空穴来风。南希和姬蒂的这段故事，可以从真实历史中男装丽人表演风靡时期的许多人物身上找到影子。英国最著名的男装丽人演员维斯塔·提里想必就是姬蒂这个人物的原型，她3岁就登上了舞台，6岁开始男装丽人表演，坐拥女粉丝无数，而最后她也嫁给了剧院经理人沃尔特（与小说中姬蒂的丈夫同名）。真实版的男装丽人的爱情故事上演在美国，著名男装丽人演员安妮·辛德尔嫁给了她的服装师安妮·莱恩（生理性别女，社会性别男），婚姻一直持续到莱恩去世。小说中，作者没有安排这么美好的结局，南希被姬蒂无情背叛而流落街头。

相对于当下尖锐热辣、大胆挑衅的"变装文化"，维多利亚时期的男装丽人表演是隐晦斯文、模棱两可的，以一种讽刺、调侃的方式对传统的两性差异进行了探索性的挑战，在当时的流行文化中注入了一抹女权主义的色彩，可以说是女权的一种戏剧表达。

---

1 ［美］朱迪斯·巴特勒：《性别麻烦：女性主义与身份的颠覆》，宋素凤译，上海三联书店，2009年，第184页。

上流社会贵妇圈：热衷于隐秘色情？热衷于女权运动？

萨拉·沃特斯居然在令人心碎流泪的恋情之后，安排了一场上流社会混乱生活的猎奇故事。南希流落街头后，延续她的表演，成为一名"男妓"，她被西区寡居贵妇戴安娜窥视跟踪，并成为她豢养的情妇/夫。小说第二部分的故事充斥着复古、颓废、激情、堕落，好似一场上流社会隐秘色情的巡礼。这部分同女权又有什么关系呢？

"酷儿"贵妇们的活动组织——女士俱乐部——是一种耐人寻味的女性组织形式。南希被戴安娜第一次带出门"展示"，是去萨克维尔街的卡文迪什女士俱乐部：一个上流社会贵妇的聚会场所。生物学和社会学研究提供了许多可信的证据，而我们从一般的生活观察中亦可发现：女性更倾向于"一对一"的朋友关系（比如，女性在亲密伴侣之外通常还会有一个"闺蜜"），他们维系友情的方式是私密的"谈心"；而男性更喜欢"俱乐部"这种形式的社交（男性的友情相对更加随意与疏散），他们的友情通过一起"活动"来保持。

"俱乐部"很可能起源于最初以男性为主的小群体"狩猎"活动。"她们穿的是裙子，却像那种裁缝专门做出来标新立异的衣服，像是匆匆缝制的男装。好多人穿的像是外出服或女骑装。有些人戴着夹鼻眼镜，有些戴着用丝带拴着的单片眼镜。有一两个人的发型非常惊人。我从来没有在任何一个女性聚会上见过这么多领带。"南希在卡文迪什俱乐部所见到的景象，几乎就是一个传统男性俱乐部的"女性版"。

19 世纪末以前,女性基本没有权利像男性一样加入"俱乐部"。世纪交替之际,女权意识觉醒,女性开始建立自己的俱乐部。上流社会有模仿男性俱乐部的高端女性俱乐部,中产阶级有职业女性俱乐部,工人阶级也有女工俱乐部。这些俱乐部为女性群体提供了自己的活动组织和空间。除了提供交流机会和社会服务之外,其中的某些还成了女权运动的基层组织形式。1859 年,西奥多西亚·蒙森(Theodosia Monson)女士在朗汉姆 19 号自费为《英国妇女》杂志设立了一个办公室,同时设有阅览室和咖啡馆,很快那里就成为有政治头脑和政治诉求的进步女性的聚会场所,以"朗汉姆女士协会"而闻名,成为英国女权运动的第一个重要组织。

尽管小说中带有"变装"色彩的上流社会女士俱乐部并不是当时的主流,且描写的侧重点是贵妇们堕落的异色生活,但有趣如沃特斯,也在其中夹带了一些有历史依据的"女权"私货。谁能想到放荡的贵妇戴安娜,居然是女权运动的积极实践者呢?

和很多表里不一、性格复杂的权势人物一样,戴安娜的公众形象是一位乐善好施的慈善家,一位女性参政的支持者,她的阵地是一本叫作《箭矢》的女权杂志。该杂志并非杜撰,确实是一份在1892—1899 年间(和小说中的时间一致)发行的周刊,杂志的主要内容是为女性争取选举权和被选举权、受教育权,以及讨论活体解剖、服装改革、儿童保育和素食主义等在当时非常激进的议题。

资料显示,《箭矢》杂志创办初期的办公地点在河岸街,距离小说中卡文迪什俱乐部也就一公里左右。而小说结尾，南希在维多利亚公园集会再次看到戴安娜的时候，她依然在为《箭矢》杂志奔忙，那是 1895 年。历史学者进行虚构创作时，究竟是在写小说还是在写历史？有时候真的很难分辨，这正是阅读历史小说的别样乐趣所在。

然而，为什么有权有势的贵妇，对看上去仿佛更符合中下阶层女性需求的政治权利如此热衷呢？ 19 世纪末的英国，女性与男性的权利不对等，在社会各方面和各阶层普遍存在。举一个熟悉的例子，曾经大热的英剧《唐顿庄园》，就讲述了在 20 世纪初依然存在的贵族长男继承制下，没有儿子的贵族家庭中，女儿受到继承权摆布的婚恋故事。要改变诸如上述继承法的男女不平等法律制度，指望被男性全然统治的上下议院是不靠谱的，女性必须选举自己的代言人，成为议员后才有机会为个体和群体争取更多平等的经济和文化权利。这种基于"女性"身份本身而产生的诉求，当然不分平民与贵族。

社会主义女权主义：一种英国特色的女权运动

在南希经历了刻骨心碎的初恋、激情堕落的虐恋之后，沃特斯终于安排了一位"禁欲系"的爱人给女主角。南希再次被抛弃后，跟跄着找到了与她仅有两面之缘的社会主义者弗洛伦斯和她哥哥拉尔夫的家。在这个为了工人和贫民权利而奔忙的家中，南希逐渐对真实的自我有了清晰的认识，并且开始思考除了自己自私的爱恨情仇之外，或许还有更具意义的生活和真正平等真诚的爱情。

弗洛伦斯和拉尔夫两兄妹的组合，有意或巧合地映射了女权主义与社会主义相结合的一种英国特色。19 世纪末，与欧洲其他国家不同，英国的女权运动与社会主义关系紧密，出现了女权主义的重要流派之一：社会主义女权主义。该流派认为，女性作为一个"阶级"受到压迫的问题，在工人运动、社会民主运动和马克思主义运动中可以得到根本解决。恩格斯的《家庭、私有制和国家的起源》是社会主义女权运动的理论基础之一，书中主张"女权主义应该与阶级斗争相结合，改变资本主义和男权制体系这两个制度的一方，就能够导致另一方的改变"。

小说中，弗洛伦斯一直从事的女性社会福利性工作（孤女之家、女工合作协会等），正是社会主义女权运动所实践的另一个主张：女性长期以来的不利地位，不是个人能力造成的，而是有深刻的历史和社会背景。要提高女性的地位，不能仅仅依靠个人的努力和所谓的"公平竞争"，更要为女性争取保护性立法和弱势群体的特殊救助措施，从而实现真正的男女平等。这是社会主义女权理论在当时的社会状况下，很有实践价值的一个方面。

小说中反复出现的人物艾琳娜·马克思（Eleanor Marx）——弗洛伦斯曾经深爱过的莉莲的精神偶像——是社会主义女权运动的代表人物。"是一位作家、演讲者，一个伟大的社会主义者"，拉尔夫这样描述她。艾琳娜是卡尔·马克思的小女儿，16 岁起就担任他的秘书。虽然在各种女权主义著作中并不常被提及，但她在英国有着广泛的知名度和影响力，被称为"社会主义女权主义之母"。

小说的第三部分充斥着工会运动。真实历史中，艾琳娜是英国新工会主义（宪章运动失败后兴起）最初的、最突出的领导人之一，是她把女权主义引入工会运动中。她同丈夫爱德华·艾威林（Edward Aveling）合著的《妇女问题：从社会主义视角看》，是社会主义女权主义的革命性著作，重要性不亚于沃斯通克拉夫特的《女权辩护：关于政治和道德问题的批评》以及弗吉尼亚·伍尔夫的《一间自己的房间》。难怪在小说中，她被如此推崇，作为一个精神领袖存在。

但很不幸，作为女权主义者的艾琳娜，同时是一个爱情至上的人。她43岁那年因丈夫不忠而服药过量去世。至于为什么社会主义女权主义会在英国生根发芽，而不是在欧陆的其他国家，本质上是因为英国对社会主义的宽容。一个简单的事实是，19世纪中期，马克思相继被法国、比利时、普鲁士、法国（再次）驱逐出境，最后收留他的是英国。没有英国保守却宽容的一贯政治传统，就没有出生在伦敦的艾琳娜·马克思，以及她后来引领的社会主义女权运动。

小说的第三部分积极昂扬，顽强的女主角终于活出了真我，一直被辜负却依然勇敢地去追求一份基于平等关系的、表里如一的爱情。女权主义思想和行动在她周围发生，潜移默化地影响着她对自我社会性别的认同和再思考。小说结尾，南希和拉尔夫共同完成演讲的段落写得激越精彩，她已经不自觉地成长为一名对女权和社会主义有了全新认知的新女性，而这一切都源于她的新爱人弗洛伦斯。爱上一个可敬的人是何其幸运，情爱的吸引力是一时的，人格魅力的吸引力是一世的。

小说创作时期的女权运动"新浪潮"

《轻舔丝绒》是萨拉·沃特斯的处女作。这部小说和很多处女作一样，并非十全十美；而她后来的几部作品各有各的精彩。但是，《轻舔丝绒》依然是许多读者心目中的最爱，根据这部小说改编的 BBC 剧集《南茜的情史》，也俘获了全球更广泛受众的心。小说的成功和持久的生命力，与其创作的时代背景大有关系。

作者开始写作这部小说是在 1995 年，时年 29 岁。"我记得 90 年代，我处于一个激动人心的作为一名'女同'的阶段，很年轻，住在伦敦这样的地方。"沃特斯后来谈到小说创作时她的心理状态。而那个年代，又恰好处于第三波女权主义浪潮时期，这一波女权主义的中心议题之一，与沃特斯本人的性取向和《轻舔丝绒》的另一个主题密切关联：女同性恋。"我甚至认为，如果没有这样的运动浪潮，我不可能成为一名作家，因为我的写作很大程度上来自我的阅读，我开始写作是在 20 世纪 90 年代中期，当时正是英国女权主义、女同性恋（和男同性恋）小说的鼎盛时期。"沃特斯接受某个采访时说道。

在第三波女权主义浪潮的背景下，萨拉·沃特斯不可避免地会从女权主义的视角去写"女同故事";自然地,她也以女同性恋者的身份来探讨女权。社会背景和作者个体的生命体验,在任何创作过程中,都是一个不可分割的整体。从小说最后呈现出来的样貌看,故事虽然发生在 19 世纪末的伦敦,但 20 世纪末伦敦乃至全世界上演的新一轮女权主义运动也在其中刻上了深深的印记,让一个原本复古悠远的历史故事,显得现代感爆棚。

8 大人物和小人物诉说的柏林城市史

我总是难免被以"肖像"为题的作品吸引。"肖像"给我的感觉就是人情味，一定不是平铺直叙的，而是刻意保留了某种情绪在其中。《柏林：一座城市的肖像》就是这样一本书，理性而富有激情，虽然间或有些情感泛滥，但由于写得太吸引人，这个小小的缺点也就被愉快地原谅了。

是历史还是小说，求真便好

先前并非没有人用"讲故事"的方法去书写历史，但罗里·麦克林（Rory MacLean）——写过畅销书《斯大林的鼻子》和《巨龙之下》——的这部作品还是显得别具一格。看罢序幕和第一章，读者惊喜地发现，自己可以对一本历史类读物有这样的期许：既能了解柏林这座城市的历史发展脉络，又能享受阅读小说的乐趣。

麦克林笔下的柏林故事从 15 世纪写到 21 世纪，跨越了 500 多年。15 世纪"铁牙"腓特烈二世（勃兰登堡选帝侯）时期的一位宫廷诗人，被选为整本书第一个出场的人物。这是一个有关家族遗传的故事，儿子康拉德·冯·科林不仅遗传了父亲哥特菲尔德的音乐天赋，也遗传了他的"反骨"。哥特菲尔德公然违抗腓特烈二世的命令后远走他乡，成为一名吟游诗人，十年后回归柏林，将一身音乐才能传授给儿子，却未能逃脱统治者的报复而被残忍杀害。儿子康拉德才华横溢、风流倜傥，誓要将父亲传下来的诗歌发扬光大。腓特烈二世将康拉德召为宫廷诗人，命令其为统治权威歌功颂德，康拉德最终用一首将所有清规戒律抛诸脑后的诗歌震撼了整个柏林城，从而也难逃一死。这个故事中最精彩的部分，是康拉德对权威的一度妥协与忽然反抗之间的转变：挚爱妻子的一句"我们都'卖淫'为生！"彻底敲碎了他的幻梦。

在《后记与参考文献》中——相当慷慨的一份资料清单——作者提到，史料中并没有关于康拉德·冯·科林的记载，写作这一章的参考资料来自14世纪的《马奈斯手抄本》《柏林城市账簿》等文献，以及现代资料中关于中世纪故事的读本，如《宫廷诗人逸闻》《中世纪的音乐和乐器》等。除第一章外，读者在后续的许多章节中，将发现麦克林的资料运用相当之大胆而有创意。

若说《康拉德·冯·科林和真爱》已经很像短篇小说，那么《莉莉·诺伊斯和猫头鹰》《迪特尔·沃纳，修建柏林墙的人》《刘疯哈和他的枪》等虚构人物的故事则更难分辨是历史还是小说。一方面，人物是虚构的；另一方面，故事却是在真实发生的一系列事件中提炼而成的，加上作者富有感染力的描写，人物和他们的遭遇显得那么真切。

"历史"需要可信，需要用冷静和理性的眼光在史料中寻找可用的线索并将其合理连接；"小说"则需要更多的情感投入，深入探究人物的内心世界。它们的共同点，也是这种写作方法能够站住脚的基础，都是为了寻找真相，寻找世界和人心的真相。正是由于对此的深刻认知，麦克林才能放下顾虑，用 23 个独立而又相关的故事，组成一部关于柏林的长篇小说；同时，这也是一部跨度长达 500 年的柏林城市史。

回到将宫廷诗人作为第一章的主要人物这一选择，看似无心，实则匠心独具。康拉德的故事本质上是一个市民抗争的故事，是在阐述市民与城市权力之间的拉锯关系。这个权力拉锯关系是整本书的主题，这是柏林的特点，也是柏林人的特点。可能没有其他哪一座城市的人，对权力那么敏感、痴迷，那么爱憎分明。有宫廷诗人敢于反抗选帝侯的权威，哪怕粉身碎骨；有集权崇拜者疯狂地迷恋权威，哪怕玉石俱焚。柏林人从来不是温和的，在这本书中，他们极端激烈地演绎着自己和城市的历史，令人震惊，令人唏嘘。

市民与城市权力之间的拉锯

铺开世界地图，来到欧洲板块，现代德国的地理位置有两个明显特点。第一，它处在整个欧洲的正中心地带。虽然历史上德意志的版图时大时小，但都围绕着这个中心位置展开。特殊的地理位置让德意志一直拥有文化上的优势地位，本书中也可以看到，不论是普通人还是艺术家都被柏林吸引，从四面八方汇集到这座城市。第二，德国基本上是一个内陆国家。这就导致了它不像法国、英国等半岛或岛国，只需要去防守部分边界。德国需要防守来自四方的攻击，所以在军事上和政治上总是会被卷入历史的旋涡之中。了解以上两点，或许可以帮助理解，为什么德国人对于集权和秩序那么迷恋，为什么民主和自由在德国历史上是如此地举步维艰。

麦克林写了三位政治人物，写法各具特点。写腓特烈大帝，是关注他的个人梦想与统治者使命之间的冲突、转变。腓特烈少时拥有一颗诗人的心，热爱文学、音乐和爱情，曾经将军装视为"裹尸布"。他喜欢美丽的男男女女，迷恋上年轻贵族汉斯·赫尔曼·冯·卡特，甚至与其私奔。强硬的父亲将儿子关押并砍掉了卡特的脑袋，也许正是这个事件导致后来腓特烈大帝心若磐石。后来的他，在七年战争中几次面临亡国的情况下，以小国之力独抗法、俄、奥三大强国，使普鲁士挤入欧洲五巨头的行列，成为一代名将和军事神话，并为自己赢得了"大帝"的尊荣。令人深思的是，尽管腓特烈大帝对知识和启蒙思想如此崇尚——他不懈地努力把伏尔泰邀请到柏林，他死后三年，法国大革命的自由与平等席卷了欧洲和北美，却并未撼动柏林的心，人民对专制主义的依赖更加根深蒂固，第二、第三帝国在这里铁血现身。

写戈培尔却不写希特勒，说明作者关注的是一个偶像崇拜者走向毁灭的全过程。以戈培尔的故事来描述纳粹德国群体性的歇斯底里再合适不过了，他身上既有希特勒的影子，也有任何一个普通人的影子。作为一个宣传天才，他完美地掌握了这世上最难也最易掌握的东西：人心。在那些令人心惊胆战、魂飞魄散的文字中，读者不禁要问的还是同一个问题：在德国历史上最黑暗、最集权的时代，到底是民众迎合了宣传机器，还是宣传机器迎合了民众？

写约翰·F.肯尼迪的部分则创造性地采用了多幕剧的形式。剧中，依然是同样的柏林市民——在希特勒时代为领袖疯狂呐喊的柏林市民，当约翰·F.肯尼迪1963年在西柏林市政厅前演讲时说出"所有自由的人民，无论他们身在何处，都是柏林的市民。因为，作为一个自由人，我为'我是柏林人'感到骄傲"时，他们亦给予这位年轻总统以热烈的掌声和感谢。肯尼迪将美国的自由精神带到了柏林，某种意义上说，这是柏林人第一次那么向往自由，第一次想要与根深蒂固的专制主义决裂。二十多年后，柏林人终于推倒了柏林墙，终于敞开怀抱拥抱了并不在城市基因中的"自由"。

一个柏林人如果出生于20世纪初，如果寿命够长，那么在他的一生中会经历第二帝国、魏玛共和国、第三帝国、盟军占领统治、两德分裂，以及两德统一。每一个时期都极具特点，令人心神纷乱，而这个人的一生将会体验到市民与城市权力之间惊心动魄的拉锯。

或显赫或渺小，莫失莫忘每一人

麦克林为23个故事挑选的主角，身份极为丰富，有演员、建筑师、妓女、作家、化学家、特工，等等，还包括几位名字可能是杜撰的普通人。他写出了大人物与普通人无异的爱恨情仇，也写出了小人物身上人性的深刻与情感的隽永。

其中有两位电影人，玛琳·黛德丽与莱尼·里芬斯塔尔。同为女性，同样美丽，同样才华横溢，甚至出生时间也仅差 8 个月，黛德丽和里芬斯塔尔却选择把自己的才能用到了完全对立的两大阵营，即人道主义和纳粹主义。她们处于同时代，同样的圈子中，彼此之间的交集却并不太多，除了竞争过著名影片《蓝天使》（成就了玛琳·黛德丽）的女主角。

二战爆发前，黛德丽成为美国公民，面对希特勒的召唤，她选择站在他的对立面，在战争中投身人道主义事业，到前线为美军鼓舞士气。同一时期，里芬斯塔尔则充满激情地为纳粹拍摄宣传服务的影片，制作出《意志的胜利》《奥林匹亚》等著名纪录片，让后人围绕"艺术家与艺术的区分"而争论不休。

固然，艺术作品自被创造出来而脱离艺术家本身后，就具备了可以自己说话的能力，评论家在探究作品背后的精神脉络时，很难回避艺术家的文化背景，尤其是意识形态方面的倾向。苏珊·桑塔格在《迷惑人的法西斯主义》一文中，复盘了里芬斯塔尔政治观点和美学观点的连续性，认为不能将她的电影艺术与她本质上的法西斯主义偏好割裂开去看。而黛德丽对里芬斯塔尔的评价则一如既往地直白（根据其女儿的回忆）："在这个庞大的'德意志文化帝国'，他们很快就不会留下什么天分了。当然，除了可怕的里芬斯塔尔和埃米尔·亚宁斯（著名的德国 / 奥地利男演员）。他们会留下来，而这两个'罪犯般的人'，就是纳粹应得的！"

作者还写到两位建筑师，卡尔·弗里德里希·申克尔与阿尔贝特·施佩尔。"建造"是每一个建筑师的心魔，相对于其他更为自由的艺术门类，建筑必须在功能和诗意之间取得平衡，建筑师也必须使自己的理念与其服务对象的终极意图相协调，否则，就没有"建造"。于是，申克尔放弃了浪漫主义梦想，因为他的普鲁士国王需要的仍然是因循守旧、循规蹈矩的"权威"型建筑。一座座古典主义的教堂、音乐厅、博物馆在柏林拔地而起，附着于这些伟大建筑之上的，仍然是德意志特有的独裁文化，就像申克尔为威廉三世设计的著名的"铁十字勋章"一样。

而希特勒的首席建筑师施佩尔，则将建筑师的工作拓展到了政权核心领域。他不仅帮助希勒特建设，还担任战时装备部长和帝国经济领导人。原本以为依托于权力，他那关于"一个全新的柏林城"的想象可以实现。他对柏林进行了重新规划和设计，渴望让柏林超越巴黎、超越罗马，成为全欧洲甚至全世界唯一的首都。然而，对于希特勒而言，建筑和规划与其他任何东西一样，都不过是服务于其独裁统治的工具，需要时可以大兴土木，不需要时可以毫不犹豫地夷为平地。施佩尔首先是一名建筑师，而希特勒首先是一个独裁者，这是他们的不同，也是施佩尔最后试图阻止"焦土命令"的原因。当施佩尔在施潘道监狱中用自己的脚步估算从柏林到海德堡的距离时，他会不会想过，如果"建造"的心魔没有纠缠着他，如果他甘心做一个没有作品的建筑师，他的结局会不会是他更想要的。

书中还有几个最普通的人。麦克林从住在旧莫阿比街的朋友那里听说了莉莉·诺伊斯的故事，她是千万移民中最不起眼的一员。在这个故事中，莉莉和她那某天突然带着儿子远走高飞的丈夫，就像是弗里茨·朗《大都会》中地下工厂的工人。19 世纪中期的柏林，往工业化方向迅速迈进，为此付出代价的是成千上万的普通工人。他们生活在像监狱一样的地方，如同戴着镣铐的奴隶一般出卖自己的劳动力，换来的面包却常常连果腹都不够。

另一个叫作迪特尔·沃纳（化名）的青年人的故事，则带出一段关于柏林墙和东德秘密警察的历史。十二岁的迪特尔和六万名东柏林的孩子向西柏林行进，为了"和平和社会主义"——战后苏联占领区崭新的历史教科书塑造了他。二十出头的他和几万名工人、军人一起建造起长达一百六十多公里的柏林墙。然而，再坚定的心也无法抵御亲人的恳求，迪特尔放走了试图前往西柏林寻找丈夫的母亲，而他所忠诚的政权，借由秘密警察无孔不入的监控，将他流放到维斯玛特矿山上当劳工。

"曾经为王公贵族歌功颂德的历史，如今已经更加个性化，更加关注凡夫俗子的烦琐人生。这种关注历史的视角的改变，或许是因为集体忠诚的衰落以及个人主义的崛起。"麦克林如是说。我更喜欢他写小人物的那些章节，那种无法掌握自己命运的无力感，在他的笔下显得那么真实而令人动容。

● ● ● ●

《柏林：一座城市的肖像》实际上写的是"柏林人：一群大人物和小人物的肖像"，城市隐藏在人物背后，城市的历史经由这些人物而被缓缓铺陈开来。由于引入了小说的笔法，麦克林描写人物不只写他们做了什么，还写他们在想什么，喜悦与痛苦究竟从何而来，内心究竟为了什么而纠结挣扎。这些人中，有些牢牢掌握着自己的人生，甚至拥有对他人的生杀大权；有些则在胶着的命运里，期盼能够成就伟大的事业；还有些面临着无常又无奈的生活，拼尽全力却仍不能够有尊严地活着。在为这些人物的遭遇感到心难平静之时，柏林，这座一直在不断改变着的城市，朦朦胧胧，却就在眼前。

城市空间

9 漫谈《看不见的城市》

　　意大利作家伊塔洛·卡尔维诺的《看不见的城市》属于兼具生命力和开放性的那一类文本，出版至今将近 50 年，魅力却分毫不减。基于记忆、欲望、符号、轻盈、贸易、眼睛、名字、死者、天空、连绵、隐蔽 11 个主题，卡尔维诺用精致的文字建造了 55 座奇异的城市，抛出关于"城市"的种种遐想与哲思。阅读这本书不一定能够解答书里书外那些有关城市的始终困扰着人们的问题，但一定可以让人拥有一段目不暇接、惊喜不断的纸上城市之旅。我们能在游荡之余，开始修正、重构自己的城市观，甚至去思考属于当下的"看不见的城市"。

　　城市的"女性"属性在心理学意义上被很多作家或显或隐地感知到。卡尔维诺索性用 55 个女人的名字命名了他笔下的 55 座城市。女性特征在城市形式与生活中的投射，需要追溯到城市发展的早期历史阶段。美国历史学家、城市建筑研究者芒福德认为，人类社会过渡到新石器时代之际，"在所谓农业革命之先，很可能先有过一场'性别革命'：这场变革把支配地位不是给了从事狩猎活动，灵敏迅捷和由于职业需要而凶狠好斗的男性，而是给了较为柔顺的女性"[1]。

---

1 刘易斯·芒福德：《城市发展史——起源、演变和前景》，中国建筑工业出版社，2005 年，第 11 页。

人类的城市文明史，发端于定居这种新的生活方式成为一个可行选项之时。在狩猎社会，男性的力量显然在食物获取中占据绝对优势，而面对定居，女性天然的"养育"能力则起到重要作用——不仅仅是养育婴幼儿，同时也养育小动物和植物。于是，人类慢慢有能力对动植物进行驯化，食物的来源变得稳定，农业革命随之而来，村落、城市才渐渐出现。

受到精神分析理论的影响，芒福德认为，城市在其形式和功能上亦表现出鲜明的女性特质："庇护、容受、包含、养育，这些都是女人特有的功能；而这些功能在原始村庄的每个部分表现为各种不同的构造形式——房舍、炉灶、畜棚、箱匣、水槽、地窖、谷仓，等等；在后来的城市中，这些东西形成了城墙、壕堑，以及从前庭到修道院的各种内部空间形式。房舍、村庄，甚至最后到城镇本身，乃是女人的放大。"有趣的是，芒福德笔下的庇护、容受、包含、养育等来源于女性的城市特质，在卡尔维诺那里被戏剧化地演绎为另外一个面向：神秘、妖娆、狡黠、善变，等等。

关于城市的起源，卡尔维诺写了一则寓言，情节是不同民族的男人做了同一个梦，梦见在夜色中的一座陌生城市，一个长发女子赤裸着奔跑。男人们都在梦中追赶她，然而最终都失去了她的踪影。醒来后，所有人都去寻找梦中之城，寻而不得，就决定建造达佐贝伊德——一座月光下的白色城市，街道像线团一样互相缠绕，为的是让梦中女子再也无法逃脱。这个故事被归在《城市与欲望》的相关章节下，作家试图以男性对女性的欲望来投射和演绎城市中人类的各种欲望，并将男性视角在写作中推到极致，55 座城市，就像是

55 个不同的女子，姿态万千，令人难以捉摸。

●●●○

　　如果忽略小说的《前言》部分，"看不见的城市"恐怕会变成"看不懂的城市"了，作家在前言中相当友好地披露了他的写作技巧和成书过程。这是一本经年累月"拼凑"出来的书，卡尔维诺把关于城市的各种灵感和想法间歇性地记录下来，装到一个文件夹里，等到快要装满时，他开始试图从中提取这本书，使用一种精巧的结构，为文字起标题、归类，最后形成有机的整体。故而，书中呈现的阅读顺序，其实并不是写作顺序，读者也无需受限于书页的次序去阅读。一种读它的方法，是随意翻开其中任何一篇，可有心，可无心地游历一座城市，任由自己迷失在梦幻般的文字世界里；另一种方法，是抛开被打乱和重新组织的 11 个主题（每个主题包含 5 座城市），依照主题线索本身去跳着阅读，这样的好处是能够相对清晰地获得这本书的意旨。

　　11 个主题中，有些涉及城市的哲学取向的议题，另外一些则直接讨论现实的城市问题。《城市与贸易》描述城市之中发生的"交换"行为。人们在欧菲米亚交换"记忆"，城市吸引商人们从四面八方聚集于此，他们绝不只是因为做买卖的需要，更是因为对故事的渴望和对未知的好奇。

　　在埃乌特洛比亚和艾尔西，居民定期迁徙，或是因为厌倦了原有的生活方式，或是为了重新编织社会关系。在现实世界中，人们通过个体移动——如从农村迁徙到城市——来实现上述目的，卡尔维诺则干脆让大家进行整体性的空间大挪移。在该主题的最后一座城市斯麦拉尔迪那中，交通网络的丰富趣味满足了人们对"交换"的渴望。说到底，"交换"是为了满足欲望，就像身在克洛艾，陌生人想象着彼此之间的相遇、对话、惊奇、爱抚、轻咬——城市作为生人社会（stranger society，也称陌生人社会），为各种欲念，提供了紧张刺激的"交换"空间，这构成了它具有持久吸引力的社会心理基础。

《轻盈的城市》向城市的永久性和临时性发问，建在地下湖之上的千井之城伊萨乌拉、高脚桩柱上的城市珍诺比亚、水管城市阿尔米拉、悬崖上的蛛网之城奥塔维亚，这些"轻盈"的城市似乎都是临时的，与人类想在城市中谋求的那种永久性大相径庭。这个主题下的第四座城市索伏洛尼亚由两个半边构成，一边是游乐场和马戏团，另一边则是由石头、大理石、水泥组成的宏大建筑。作家说"两个半边城，一个是永久固定的，另一个则是临时的，时限一到，就会拔钉子、拆架子、被卸开、运动，移植到另一个半边城市的空地上"。我想当然地以为作家会把游乐场和马戏团当作临时的建筑，然而被拆掉的却是那些看似永久固定的市政大楼、纪念碑、船坞、炼油厂和医院。更本质的东西应该是更恒久的，城市生活的本质到底是附着于游乐场和马戏团，还是市政大楼和纪念碑呢？这个问题显然需要重新思考。

《连绵的城市》指向各种城市问题，如垃圾处理。莱奥尼亚的垃圾一点一点侵占了整个世界，就像世界上的其他城市一样，"也许，莱奥尼亚之外的整个世界都已布满了垃圾形成的火山，各自环绕着一座不断喷发垃圾的城市"，最终，世界变成了电影《机器人瓦力》中那个只剩下垃圾的地球（也许编剧也受到卡尔维诺的启发）。又比如城市形象的千篇一律，所有的城市都像特鲁德，只是更换了飞机场的名字；如人口爆炸，年复一年打开普罗科比同一家旅馆的窗子，曾经的风景逐渐被一张张人脸挤占，最后连房间里的人都多到无法活动。当然还有城市的无限蔓延，令人迷失的切奇利雅和找不到出口的潘特熙莱雅。

读到这里，恐怕你已经意识到这本十万字上下的薄薄小书，所涵盖的内容是如此奇诡驳杂，常常出乎意料，却又始终在情理之中。在其他主题之下，卡尔维诺试图讨论的问题大约还包括：城市的变与不变（《城市与记忆》）、城市是人类欲望的投射（《城市与欲望》）、城市具有真实的和符号的双重属性（《城市与符号》）、城市只在观察者的眼中（《城市与眼睛》）、城市的名与实（《城市与名字》）、城市的死亡与重生（《城市与死者》）、城市与规划的关系(《城市与天空》)、城市发展的内在规律(《隐蔽的城市》)。一旦试图归纳，就会遇到和作家一样的问题：要追求结构上的逻辑性，就必须容纳一部分不合理性的存在。故而，对这些主题的总结，也不过是一面之词，每个人的眼里都有一座"看不见的城市"。

●●●

解谜一样的《看不见的城市》，自然也引发了众多读者和作家参与到解谜这项工作中去。其中，英国作家珍妮特·温特森(Jeanette

Winterson）的解谜版本相当有自信。在引用了《城市与贸易》关于克洛艾城的一段感性文字后，温特森斩钉截铁地说："卡尔维诺（的这本书）写的是威尼斯——展示给游客的建筑立面背后，所有坍塌的、折叠的或消失的那些东西。"

在对 55 座城市的描写中，读者的确经常会发现威尼斯的影子：那些水道、桥梁、穹顶之类构筑物的描绘，那些令人深感迷失的城市特质，以及表演性强烈的市民生活。更直接的证据来自这本书除了 55 座城市之外的另一部分，与之平行的叙述内容，即马可·波罗与忽必烈的思考与评论（55 座城市乃是作者虚构的马可·波罗向忽必烈所作的旅行报告的内容），它们出现在每一章的前和后。当马可描述了十几座城市之后，忽必烈发现这些城市几乎都是一个模样，仿佛只是用同样的元素进行了不同的组合。而在马可即将描述完"城市与贸易"主题下的最后一座城市时，他认为自己已经把知道的所有城市都讲了一遍，忽必烈却指出有一座城市从未被提及，那就是威尼斯。马可的回答很妙："每次描述一座城市时，我其实都会讲一些关于威尼斯的事。"

将威尼斯看作 55 座想象之城的"母城"不无道理，而温特森的敏锐之处在于，她看到了卡尔维诺真正想要说的不是那些美轮美奂的建筑立面，而是背后的那些坍塌、折叠和消失。这些东西到底是什么呢？

卡尔维诺说："我写了一种东西，它就像是在越来越难以把城市当作城市来生活的时刻，献给城市的最后一首爱情诗。"环境污染和科技对城市生活的操控，是作家在 20 世纪 70 年代初出版这本书时所担忧的"城市危机"，这两个方面的问题随后愈演愈烈，尤其是后者。"看不见的城市"全部都是"古老"的城市，这些城市有着各种各样匪夷所思的优点与缺点，但是有一点是共同的：它们都非常鲜活，充满了人性化的特质，市民和城市一样，都是活生生的，而非受到技术控制的提线木偶般的存在。而现实中，城市与人性最相关的那些属性，渐渐坍塌了，折叠了，消失了，或者说人性在城市中正在被高度规范化和工具化。

● ● ●

　　如果卡尔维诺活到今天，他也许会写另一座看不见的城市——这座城市只出现在大屏幕中，屏幕中没有人，只有一个一个光点。这些光点一般保持静止，偶尔会在 3D 城市交通网络中移动，点击任意一个光点就进入了关于这个光点的历史信息库。从出生（甚至受孕）开始，关于这个点的所有历史信息都分门别类地被归到以"健康""消费""行动""对话"等名字命名的文件夹中，被计算机不断地积累、不断地分析、不断地利用；光点亦不断地出现、不断地消失……城市终于真的看不见了……

10

从真实城市到电影城市

在某种意义上，电影常常等同于"城市的"电影，不仅因为电影中充斥着城市背景和城市故事，与电影工业发展密切相关的技术、商业、文化等要素，也无一脱离得了城市的孕育与支撑，阅读电影显然离不开阅读城市。而电影自诞生起，就以生力军的姿态参与到城市文化的塑造过程中，日渐成为后者的重要组成部分，阅读城市也越来越绕不开阅读电影。如何阅读城市，如何阅读电影？芭芭拉·曼聂尔的《城市与电影》一书，开辟了一条兼具思想性与趣味性的道路。

《火车进站》：铁路交通与电影城市的内在关联

尽管不同的电影史图书对谁是世界上第一部电影有着不同的认定，许多人依然愿意将卢米埃尔兄弟的《火车进站》（1895 年）视为电影的起点。"这个将现代性元素——都市型、速度、电影与城市——熔于一炉的开创性时刻，这个传诵不已的神话，其实重制了电影讲述的自身故事：当灯光熄灭，错觉变得近乎真实，我们忘了正在观赏的不过是动画而已。"芭芭拉·曼聂尔这样评论《火车进站》

（图 9）这部影片。

电影在 19 世纪末的城市中诞生，而整个 19 世纪最引人瞩目的工业化和现代性的代表事物，无疑是铁路。铁路交通的出现，为当时依然保有中世纪特征的城市带来了一场空间革命。

弯曲、狭窄的旧街道无法适应铁路带来的巨量的人与货物的交通要求。终于，在 19 世纪 50 年代开始的巴黎改造计划中，奥斯曼建造起一条条如铁路轨道般的"直线大道"。德国历史学家沃尔夫冈·希弗尔布施在评论奥斯曼建造的第一条大街时这样说道："斯特莱斯堡大街不只是把巴黎东站这座终点的抵达门和出发门延伸到了内城，它本身就是轨道的直接延伸……与开阔地形上的铁道线路一样，大街戳穿了城市景观，无情地切开其前进道路上的任何障碍。"[1] 铁路如匕首一般扎入城市的躯体，直接导致了城市空间从中世纪向工业化和现代化的转变，击碎了保守主义者的城市旧梦，却也很快被人们广泛接受与适应。

铁路交通亦带来了一场时间革命。"时间"作为一种心理想象，在铁路被广泛铺设于地表之前，不是一个普世概念。前铁路时代，每个地方都有自己的时间，且因为彼此之间的交通很慢，"地方时间"之间快几分钟、慢几分钟，没有太大差异。铁路的速度引发了对"标准化时间"的需求，很快产生了适用于铁路范围的标准"时刻表"，而随着铁路网络越来越密集，地方时间最终被完全取代了。

---

1 沃尔夫冈·希弗尔布施：《铁道之旅：19 世纪空间与时间的工业化》，金毅译，上海人民出版社，第 253 页。

上述宏观发生的铁路时空革命，从旅行者个体角度去看，则是一场颠覆性的"时空湮灭"心理体验。生于 19 世纪 30 年代的艾米丽·狄金森这样描写火车："我喜欢看着它折叠英里。"（I like to see it lap the miles.）在诗人的眼里，铁路交通的速度"折叠"了空间；时间的传统流动方式和空间的传统转换方式，在铁路旅行中被完全颠覆。同时代的德国文人海涅则发出了这样的惊叹："甚至最基本的时间与空间概念，都开始动摇起来。"

铁路在人们心中造成的时空动荡，听上去是不是有些熟悉？稍加联想，我们会在电影中找到与之对应的心理感受：铁路提供的速度旅行，就好像电影的剪辑，将不同时空魔术般地连接，创造出前所未有的时间和空间体验。

在卢米埃尔兄弟的早期电影中，城市场景是最主要的内容。然而，没有一部电影像《火车进站》那样，将电影与城市以一种可以反复解读的方式联结在一起。影片的重要性，正是在于将铁路交通与电影的内在相似性置于"城市"这个场所中，将工业化、现代化的真实城市，转译为代表速度、刺激、危险的"电影城市"。卢米埃尔兄弟其他的短片都没有进行这种转译，可以说，真实城市与电影城市的区别始于《火车进站》。

大卫·帕金森认为"电影作为 20 世纪的一种主导艺术形式，源于 19 世纪对于机器、运动以及错觉的偏爱"[1]。——这种机器、

---

1 大卫·帕金森：《电影的历史》，广西美术出版社，2015 年，第 13 页。

运动、错觉在《火车进站》这部 50 秒钟的影片中展现得淋漓尽致。即便可能没发生传说中观众面对荧幕上火车驶来时惊慌逃跑的事件，《火车进站》依然装载着电影这个新生事物，以一种令人震惊的方式一头扎进了城市中。

两座城市：真实城市与电影城市

电影诞生的同时出现了两座城市：真实城市与电影城市。这两座城市以不同的方式投射在观众心中。在电影掌握越来越多传媒话语权的时代，电影城市大有取代真实城市的倾向，这引起了包括芭芭拉·曼聂尔在内的诸多文化学者的恐慌。芭芭拉·曼聂尔在《爱之城：巴黎》一章中举了一个例子：2006 年，路透社发布了一则题为"巴黎症候群"的报道，症状出现在到访巴黎的日本人身上，尤其是三十出头首次出国旅游的日本女性，患者出现心跳加速、晕眩、呼吸急促甚至幻觉。"巴黎症候群"根源于真实城市与电影城市的差异性——日本游客到了巴黎以后，发现这座城市并未拥有传统剧情片中好莱坞式的浪漫，电影创造出的巴黎想象与真实的巴黎之间无法协调。（图 10）

上述失调情况的出现，需要溯源到在好莱坞实现的电影类型化。类型化是对电影的发展影响深远的概念与模式。一方面它极大促进了电影的产业化，尤其是在好莱坞，电影变成了一种娱乐产品，类型化降低了生产的风险，从而使得电影成为好的投资对象。另一方面，类型化导致了符号化，在对观众的期待不断"摸索—回应"的过程中，出现了符号化的人物和符号化的场景，电影中的城市空间逐渐脱离了其本身的含义。由此可见，电影城市不是创作者单方面的构建，而是创作与观看在电影商业化背景下的共谋。"刻意"制造符号化城市印象的创作者权利是必定存在的，观众选择的权利也是不容置疑的。

芭芭拉·曼聂尔在论及主流化、高产值的族裔聚居区电影，如《街区男孩》（*Boyz N the Hood*，1991）、《上帝之城》（*City of God*，2002）、《黑帮暴徒》（*Tsotsi*，2005）时，批判了此类电影对族裔聚集区城市形象符号化的挪用，并指出其类型化的叙事公式和真实生活经验脱节。这类批判有两方面的问题值得商榷。其一，批判的心理基础在于秉持了创作者权利与观众选择权利失衡的观念，甚至认为存在前者对后者的操控。这在商业社会的基本逻辑下，其实不太经得起推敲，就好像是厂家生产的一款商品放在货架上，消费者可以买也可以不买，电影也是一样，不存在强买强卖。如果符号化的城市形象不是观众愿意看到的，创作者的权利是无法实现的。两者之间当然偶有失衡，但整体而言是动态平衡的，否则电影作为一种商品是没法流通的。

其二，涉及真实性本身的问题。电影作为一种艺术形式，和任何其他艺术形式一样，都可以用写实的方式去"再现"真实，但是"再现"的真实永远和真实本身是两回事。所谓的"再现"实际上都是基于某种观念的"重构"。哪怕是纪录片或者"一镜到底"的电影，攫取的依然只是真实的片段和表象。

蒙太奇也好，长镜头也好——两者可能并无本质差别——都是观念的表达，表达的结果可能是写实的，也可能是风格化的，但都不是真实本身，也不宜胡乱断言"写实的"就跟真实更加接近。艺术的魅力在于，创作者永远都到达不了所谓的真实（对一个不可知论者来说，"真实"这个词本身就相当可疑），而来自不同个体历史经验的不同创作理念，却为观者呈现出各种各样的"真实"。

《情感教育》是真实的，《百年孤独》也是真实的，《东京物语》是真实的，《星球大战》也是真实的——它们同时也都是"重构"的。故而，"和真实生活经验脱节"的论断，究其根本是一种政治性批判，是对电影类型化和商业化弊端的批判。将所谓的"真实性"纳入批判的坐标系是危险的，因为谁也不知道"真实"到底是什么。"这部影片给我很真实的感觉"是比"这部影片很真实"更恰当的表述。

《上帝之城》（图11）获得奥斯卡奖提名后，巴西贫民窟的视觉形象传播到世界各地，甚至有游客到访里约热内卢，要求留宿当地的贫民窟以求体验真实的巴西。巴西人眼里的平民窟是污秽、暴力、可怕的，游客眼里的贫民窟却是令人兴奋、有趣、浪漫的。请问，哪个是真实的？创作者用自身全部的历史经验形成的观念创作出一部电影作品，观众亦用自身全部的历史经验去观看和理解这部作品，两者交汇的那个点——观众产生共鸣的那个点——让观众感到真实。与其认为存在普遍的、具体的真实，不如将真实理解为一种个体化、抽象型的体验来得好操作一点。

电影城市的纯虚构路线：从《大都会》开始

电影对城市的重构，在科幻电影中进行得最为彻底。说来也有道理，与其总是被影评人和学者诟病片中城市的不真实，不如和所谓的真实说再见，在电影的世界里建造一座彻底虚构的城市。电影城市的纯虚构路线，就我所知的范围，应该是从弗里茨·朗1926年的科幻电影《大都会》（图12）开始的。这部电影不仅是前数字技术时代的想象力颠覆之作，而且在形式和内容上，奠定了后世科幻城市的基本范式。

影片中的未来城市，是一座极具视觉冲击力的现代主义大都市，数量惊人、风格各异的建筑群令人叹为观止，让这座城市看上去像一个现代主义建筑的大型试验场。这种情况之所以发生，一是因为导演本人是建筑师的儿子，且在维也纳有过一段土木工程的学习经历，看上去对建筑着实兴趣浓厚；二是因为"一战"后，魏玛共和国时期的诺巴贝尔斯伯格制片厂，吸引了众多就业困难的建筑师前来工作，他们顺理成章地将自己对建筑设计和城市建造的热情全都献给了电影。

影片中城市的设计风格取向，首先表现为对"摩天楼"的崇拜，片头出现的城市场景即是一个由摩天楼组成的画面，片中也多次出现摩天楼的近景和特写。当时已在大洋彼岸的纽约和芝加哥出现的这种新建筑形式，影响了德国城市规划和建筑界。作为缓解城市人口增加带来的空间压力的方式，这种新的建筑形式受到了热烈欢迎。而导演弗里茨·朗也曾在制作该片前到过纽约，显然摩天楼给他留下了深刻印象。

其次，现代主义建筑风格在影片中的未来城市打下了深深的烙印。不论是地上还是地下的城市，看上去都有德国现代主义建筑大师瓦尔特·格罗皮乌斯和密斯·凡德罗的影子，创作者用功能主义的、极简的、去装饰的建筑风格，塑造了一座抽象而理性的城市。（图 13）

更有意思的是，与现实中城市空间对城市阶级分层相对平面化的空间安排不同，影片将阶级关系直接转化为垂直型的地上、地下两座城市的空间形态：统治阶级在地上城市中生活，在多样化的空间里办公、社交、享乐；工人阶级则深处没有阳光的地下城市，除了机器和住房以外没有其他任何附属设施，只有 10 个小时为一个班的机械化轮班制生活。

影片在思想内涵上提供了一种对工业化现代城市的解读，指向以资本主义生产模式为经济基础的城市权力结构，表达了创作者对由理性但冷酷的企业家和热情却盲从的工人组成的社会生产结构前景的深深担忧。

电影中，在极端分子的暴力煽动下，两个阶级的对立最终摧毁了整座城市赖以生存的地下城市。影片也试图给出一个解决方案：在上层与底层之间需要有一个"中介"，即善意的心灵。这个方案没有选择马克思主义的阶级斗争，走的是阶级合作路线，这与魏玛共和国时期的政策是一致的——民主政府一直试图调和企业家集团和工会集团的矛盾。而历史的结局却是矛盾的，最终无法调和，共和国走向覆灭，德国迎来的不是善意的心灵，而是一颗反犹、独裁、暴虐的魔鬼心灵，受到纳粹青睐的弗里茨·朗选择逃亡美国。

在《大都会》抽象、理性的城市奇观之下，是残酷的纯剥削型社会生产关系——形式上的城市奇观与实质上的反乌托邦，成为科幻电影中虚构城市的标配。"从这部影片中衍生出了各种各样的作品，除了《移魂都市》之外还有《银翼杀手》《第五元素》《阿尔法城》《洛杉矶大逃亡》《千钧一发》，以及蝙蝠侠的哥谭市。"著名影评人罗杰·伊伯特还认为："没有这样的作品，我们就无法充分欣赏其他的影片。"

后来的科幻电影，基本都沿袭了《大都会》的逻辑，芭芭拉·曼聂尔在关于《银翼杀手》（图14）的案例讨论中指出："作为一部后现代科幻片，在场景设计、叙事方式以及主题上，都明显援用了现代主义经典电影《大都会》。"而近年大热的《疯狂动物城》（2016年）和斯皮尔伯格的《头号玩家》（2018年），亦展现出一模一样的路数。《大都会》作为先驱，可以说是一直被模仿，从未被超越。

● ● ● ●

原谅我在芭芭拉·曼聂尔的悉心指导下重构了一本"我的《城市与电影》"，这本书"真实的"理论架构和案例分析要详细精彩得多。千万莫被看似学究的目录所阻挡，作者的论述实际上是妙趣横生的——至少在我看来是这样。尤其全书末尾还提供了"片单"

一张，包含两百多部经典影片，几乎跨越了整个电影史，勾勒出"城市与电影"的全貌。不论城市研究者还是影迷，都可以在这本书里找到不少干货。

11 遇见《独异之物：建筑与哲学》

2019 年 9 月，上海当代艺术博物馆在让·鲍德里亚诞辰 90 周年之际，举办了一个特别的展览："消失的技法：让·鲍德里亚的摄影"。令人深感意外的是，大哲学家鲍德里亚的摄影作品同其哲学著作一样，都是世界级的，具有非同寻常的"诱惑性"。50 件作品皆以某座城市的名字命名，巴黎、圣克莱芒、阿姆斯特丹、纽约、卢森堡……这些所谓的城市在他的镜头之下只是一些物体、颜色和光线，仿佛并没有任何意义和功能，而摄影师则完全消隐在场景背后。

展览另外设置了一处陈列纸质书的互动空间，将鲍德里亚的所有中文出版物、新新老老的那些图书都搜集齐全，一并置于白色课桌上供人翻阅学习。其中有一本书的名字很吸引人，叫作《独特物件：建筑与哲学的对话》，由台湾地区知名建筑出版公司"田园城市"出版发行。当时未及仔细翻看，只觉得封面使用的那张建筑立面照片风格独特。而"田园城市"不仅是出版社，亦是一家独立书店和画廊，我去台北时有幸参观过，并与发行人陈先生有过一面之缘。

大约一个月后，北京出版社王老师发来一本书的封面设计文案，书名为《独异之物：建筑与哲学》。这本书是哲学家鲍德里亚和建筑师努维尔的对话集，谈建筑，谈城市，谈哲学。努维尔是我不很熟悉的一位建筑大师，而能设计鲍德里亚的书，自然是令人兴奋的，他的拟像、符号消费和象征交换理论是理解后现代的一把金钥匙，影响深远。我找出前月看展的照片，才发现这本《独异之物》就是展览上繁体字版的《独特物件》，而那本书的封面使用的照片是该书另一位对谈人——让·努维尔设计的阿拉伯文化中心。

●●●●

《独异之物：建筑与哲学》以鲍德里亚与努维尔的两场对话为内容，是一本不太"好读"的书，如我这类对哲学和建筑都只是略知一二的读者，尤其容易望而却步。多次翻开又合上，最后静下心来一字一句地咀嚼，才庆幸终于没有错过这本"独异之物"。尽管看上去是一本不很厚的小书，但信息量之巨大令人叹为观止。两位处于各自领域巅峰的人物，几乎要将建筑学领域的所有哲学性问题一一抛出、解析。

其一，对建筑"独异性"（singularité）的解读。

鲍德里亚在对话一开始就抛出了相当激进的问题：如果超出了实存的界限，建筑学还存在吗？建筑学仅仅反映着已经存在在那里的东西吗？存在一种建筑学意义上的"真"吗？

他们的对话直接涉及建筑学中更高层级的"真"，而不是"美"或是其他议题。建筑学领域的过度审美化倾向比其他领域更为严重。

"美"不仅具有不确定性和不可靠性，还很危险，受众和建筑师都容易被其迷惑甚至奴役。而"真"是一个永远也不会过时的概念，是艺术永恒的终极追求。正是因为对"真"的追求，建筑才可能成为"独异之物"。

二人都将"独异之物"看作建筑学中最迷人、最具诱惑性的对象。巴黎的蓬皮杜中心、纽约的世贸中心双塔、毕尔巴鄂的古根海姆美术馆等建筑，被他们认为是"独异之物"。鲍德里亚在谈及世贸中心时，认为两座塔楼像是两条打孔的纸带，是彼此的克隆，甚至可能是对我们所处时代的提前预告——这样的观点让世贸中心后来的命运显得更加具有"末世感"。

鲍德里亚的意思或许是，这些具有"独异性"的建筑，超越了建筑师预先设定的"意义"，拥有某种神秘性。而他所谓的建筑学意义上的"真"，是指建筑物作为一种"呈现"，一部分是建筑师意识范围内的行动结果，但更重要的部分很可能是在意识之外发生的，是潜意识里对规律和真相的某种揭示。

而努维尔显然更关注实际操作层面的问题，即建筑师在"独异之物"的形成过程中所能够发挥的创造力和想象力。他在自己的建筑实践中，一直在打破建筑学的界限。不论是在德方斯尽端项目（Tête Défense）中试图超越阿尔伯蒂中心透视法，还是在卡地亚基金会大楼的设计中，运用玻璃和光含混性地创造出多重透明的机制，让人无法辨别真实与虚幻——努维尔将建筑变成无法识别之物，从而具有了"独异性"。在结果上，他与鲍德里亚的目的是一致的，但是后者更注重潜意识的、无法被事先控制的"独异性",而努维尔作为一名建筑实践者,则使用他的思想去制造"独异性"。

再次回到"美"这个话题,鲍德里亚就这个问题进行了发人深省的论述。他将美归属于一种文化的产物,而文化具有无限度的、癌变扩散的性质,广泛地侵入了建筑学,结果是对"独异性"产生了侵蚀。他敏锐地指出,我们正面临着所有行为和所有结构的"审美化",这种"审美化"并不与"真"相联结,而是与"价值"媾和,意味着事物在变成价值,在获取价值。"在一种普遍化的审美中,形式在衰落,变成价值,而价值、审美、文化等,是可以无限讨价还价的,每个人都可以从中找到自己的利益,但人们却处在价值与等值关系的秩序中,处在对全部独异性的完全均匀抹平之中。"警惕审美化,警惕文化,鲍德里亚对这两种"侵入性"事物之认知一针见血,背后的"符号消费"逻辑隐含在上述论述之中。

不得不承认,现实中建筑的功能之一是固化原有的生产关系和阶级分化。如果不再拥有对"独异性"的追求,建筑将被完全工具化,将会成为权力的附庸。从这个角度来讲,建筑的"独异性"是人的"独异性"之派生,是人对自身被工具化趋势的抵抗。不论是建筑学还是其他领域,"独异性"的追求显然与人的独立与尊严休戚相关。

其二,关于城市的理解。

努维尔认为,"如今一座城市的特征,是一个空间被一定数量的人,在一段给定的时间中共同分享:这段时间用来到达那里,在那里走动,在那里相遇"。随着交通技术的进步,以及这种进步对人类的身心所造成的影响，城市作为"时间"意义上的存在，正在超越其作为"空间"意义上存在的重要性。

城市只是我们从一个地点到达另一个地点所经过的一段时间吗？明日城市是否会像吕克·贝松的电影《第五元素》中表现的那样，交通工具布满三维空间，人类居住在完全模块化的公寓中？又或是虚拟城市取代了物理城市，城市变成了斯皮尔伯格《头号玩家》中的废墟模样？

纽约被二人反复提及。努维尔喜欢美国的城市，因为这些城市的"自发性"要远远高于"规划性"，而且"它们不具有所谓的建筑学的那种自鸣得意"。鲍德里亚关于纽约的论述依然是语不惊人死不休，他认为，"纽约给人的是一个已经终结的世界所造成的那种目瞪口呆，是一个绝对启示录般的世界"，甚至将纽约看作"已经实现的乌托邦"。和努维尔相似的是，鲍德里亚喜欢纽约，也是因为它在更大程度上是一种自由生长的结果，他认为城市规划是自相矛盾的，因其试图去"规定"空间的自由和自由的空间。

至于规划，二人的态度不尽相同。鲍德里亚显然不喜欢规划，他认为以前的城市是缓慢"形成"一些东西，从而终究会获得某种"独异性"。但在城市高速发展的现状下，一座城市被置于改变的强制之下，人们也受制于此而无法走出这种强制。在中国当下快速城市化的进程中，上述现象十分明显——城市不再根据从前的情况走向未来，而是根据各种"假设"奔向未来，规划被用作强制的工具。这期间曾经有过的、也许可以拥有的"独异性"被侵蚀、被取代。

建筑领域的"克隆"现象，在规划领域也屡见不鲜。

努维尔则并非完全否定规划的作用，他寄希望于决策者和参与者去引导改变的方向，从城市的历史文脉中寻找未来的发展契机。比如，针对柏林墙倒塌后的城市规划政策，他曾建议将其中的无人地带改造成一条长长的"相会线"，将所有的文化、运动、休闲空间面对面排布，"通过一种反转，分割线变成焊接线，用充实来代替空无，用快乐来代替悲伤，用自由来代替禁令"……规划如何延续历史文脉是一个现实又棘手的问题，在这个问题中也存在着"独异性"的缺失，缺少创造性的历史保护手法，就如同"克隆"的规划一样，也正在使城市变得千篇一律。

20 世纪发生了"城市大爆炸"之后，建筑师和规划师已经不能够保持"创造"一个世界的地位，而似乎变得只能去"应付"一个变化速度快到令人眼花缭乱的世界。在这个不断变化着的世界中，有没有可能在雷同中找到建筑和城市的"独异性"，取决于人在多大程度上可以抵抗所谓的文化与潮流，保持自身的"独异性"。鲍德里亚认为，"独异性"是与全球化相对立的概念，而全球化在他看来，存在着实体城市空间和虚拟城市空间的平行，后者不仅是特权空间，且不能够被分享——从这个意义上来说，实体城市空间很可能是人类能够实现平等的最后一块阵地。

在这两场思维激荡的对话中，哲学家和建筑师呈现出的思想有同有异。在对许多概念的理解与诠释上，的确存在着哲学与建筑学的区分。但二人看问题的方式都是后现代的，他们否定"界限"，包括建筑学的界限和城市的界限，并且"在拒绝'对意义、现实、真实的装腔作势'这一点上，他们完全一致"（引自傅轲林教授对《独异之物》的导读）。

● ● ○ ○

凑巧的是，图书出版发行期间，"让·努维尔：在我脑中，在我眼中……归属……"个人展览也在上海当代艺术博物馆开幕了。努维尔一直将建筑师与电影导演相提并论，一方面他认为建筑和电影是文化领域受到最多束缚的部门，都受制于生产模式和审查制度；另一方面，建筑师和电影导演都是光的拥趸。在努维尔的建筑中，光占据了极为重要的位置，他把光当作一种物质（实际上光就是一种物质）甚至材料来使用。

本次个展的展陈方式在建筑展中显得很另类：用一堵墙将展厅分隔为两个部分，营造出黑暗中神秘的光影场域。一个部分是大尺度银幕的影像空间，播放努维尔监制的有关其建筑的长达五个多小时的电影。观众可以随意选择坐在阶梯型位置的任意处，亦可在电影播放的任意时间进入或离开，随机地遇见影片中的某些片段，或静静地观赏整部影片。

展览的另外一个部分，则是尺寸非常小的 6 个玻璃建筑模型，与一般常见的制作方式不同，努维尔选择了类似激光内雕的方式来制作他的模型。黑暗中，光经过玻璃模型内部不同的反射和折射面进入观者的眼睛，使其中的建筑物呈现出抽象、迷离的奇特效果，微缩地表现了努维尔一直试图在其建筑中想要抓住的，有关于光的那种透明的（transparence）、超越外表的（trans-apparence）诱惑性。

如若错过了这两场展览，通过《独异之物：建筑与哲学》这本书，亦能了解鲍德里亚和努维尔的独特思想，并受到启迪。做书人的苦心，无非是为书找到合适的读者，让书与人在某个无法预知的契机下相遇、相知。也许无动于衷，也许天雷地火，谁知道呢。

12　城市设计如何善用"城市消费空间"

　　消费——不断被诟病却又无法摆脱的事物——让人爱恨两难。通常，我的态度是恨多一点。消费制造了太多假象，比如丰盛、平等。韩晶博士所著的《城市消费空间》一书，让人不得不重新审视一遍自己的旧观念，用更客观的眼光去看待工业革命以后逐步席卷全球的"现代消费"，尤其是将其置于城市研究的范畴内。这本书放在案头已有好几年，之前亦常参考或引用其中的观点。但与其"偷师"，不如与各位读者分享之。

在往昔与当下之间

　　对于在计划经济末期度过童年的人来说，消费不是一个固有的概念。小时候有两件事我印象很深：一是拿粮票去粮站买米，米哗啦啦地从一个铁皮筒滑到套在筒口的白色布口袋里；二是家长骑着借来的三轮车去买蜂窝煤，买回来小心翼翼地摞在墙角——这些大约是 20 世纪 80 年代末的事情，当时是没有"消费"这个概念的。1992 年，国家确立了"建立社会主义市场经济体制"的经济体制改革目标，而后，一场轰轰烈烈的消费革命发生了。

还是拿"童年"举例。童年放学后是和小伙伴跳橡皮筋、踢毽子、丢沙包，现在是在家里打游戏；童年的周末闲暇是去逛公园，现在是去 Shopping Mall 购物、吃饭、看电影。而对一个成年人来说，除了工作和睡觉，消费行为在日常生活中的占比也越来越大。《城市消费空间》出版于 2013 年，其及时性包含以下两点：

消费空间已经渗透到城市生活的方方面面，如火如荼地出现、演变。韩晶在书的第三章总结出最常见的消费空间：超级市场与便利店（城市日常生活的消费空间网络），购物中心与城市娱乐中心（不断细分和特色化的城市消费圣殿），酒吧、咖啡馆与茶馆（中西文化交融的城市休闲、交往消费空间），市场（在体验消费中重生的城市传统消费空间），主题零售店、主题餐厅与特色酒店（与"生活方式"结合的时尚消费空间），时尚专卖店与产品体验店（展示品牌的城市"消费博物馆"），主题乐园与世界博览会（城市体验消费的狂欢之所），婚庆消费空间（传统礼仪场所向现代交往、体验消费的嬗变）。

这些消费空间如同镶嵌在城市中的一个个剧场，上演着城市生活最生动的舞台剧。然而，不论是由舞台剧的制作团队——空间的生产者领衔，还是由表演团队——空间的消费者领衔，人们对这出名为"城市消费空间"的舞台剧背后的深层次逻辑和规律都了解得非常有限。空间的生产者，往往是到国外考察、学习，然后依样画葫芦地把所谓更先进的模式复制到我们的城市；空间的消费者往往是积极（因为兜里有钱了）却又被动地参与到了既定空间的剧目表演中去，如提线木偶。市场亟待学术界给出一本相关问题的系统性研究著作，为轰轰烈烈的实践提供科学、有效的理论指导。

在消费空间发展势头正猛的时候，互联网经济（尤其是当下的移动互联网经济）忽然迎头乱入，在为实体经济注入新活力的同时，对以实体的"地点"为依托的消费空间提出了灵魂拷问：当生产和消费之间的中间环节被逐渐抽掉，消费空间自身要进行什么样的变革和创新，才能继续吸引消费者抛弃"宅文化"，走出家门？

仔细观察互联网经济时代的消费空间之变迁，会发现一种斗志昂扬、不屈不挠的精神。随便盖一个购物中心就能赚得盆满钵满的时代已经过去了，以商品零售为主营的传统购物中心在互联网购物的冲击下迅速衰败。开发商、运营商绞尽脑汁去对抗"线上"的冲击，成败皆有，尸骨遍地。在他们的努力下，一些顺应发展规律的新型消费空间开始出现，比如，每个购物中心现在都配有电影院和书店，娱乐、文化消费开始蓬勃发展；又如，社区购物中心出现了以周期性特色主题活动（演出、市集等）为运营方式的新常态，临时性的、狂欢性的体验消费正在走入人们的生活。

未来消费空间如何顺势而为，适应消费发展阶段来进行渐进的创新？《城市消费空间》几乎囊括了消费空间各个发展阶段所有已经出现和将要出现的可能性，并且从理论的高度发现规律、揭示原理，可以为"消费空间如何保持活力"这个重要的问题提供一些解答思路。

消费空间与城市设计

消费文化、空间生产、空间消费等，不论在学术领域还是大众传播领域，都不是什么新鲜的词儿，消费与城市的关系也不是一个新鲜的研究对象。《城市消费空间》的独到之处在于，它将"消费与城市"的关系，从城市设计的角度，梳理、分析得富有逻辑性和创见。

首先，提出"类消费化"概念，并指出其对城市空间交混的推进作用。"类消费化"指具有一定规模、多样性的消费空间向某种非消费空间内部渗透，或与多种非消费空间混合，与此同时，消费的介入对非消费空间固有的活动主体、功能构成和空间结构产生本质影响，使其呈现出"不是消费空间却类似消费空间"的特殊状态。这个概念的用词很精准——"类"说明主体空间并不是消费空间但却具备了后者一定的特质，"化"代表一种混合、交互的趋势。

"类消费化"解释了很多空间现象，比如机场候机购物区、超高层办公楼的观光平台、博物馆书店，等等（作者系统总结出消费向城市单一功能空间的渗透、类消费化城市混合功能区等两大类、八小类"类消费化"现象，不赘述）。这些新现象引发了复杂的情绪，一方面，是对消费空间"侵入"非消费空间（尤其是公共空间）的担忧；另一方面，不得不承认，消费空间与非消费空间的混合和交互，确实常常能够激发空间的活力，甚至将原本死气沉沉的地点变成市民喜闻乐见的场所。

作者通过丰富的案例分析，论证了精心设计和组织的"类消费化"可以扬长避短，发挥消费激活空间的作用。这为一般消极地批判"消费空间侵蚀公共空间"的单一角度提供了反思触发点——消费空间本身是中性的，如果消费行为和非消费行为能够被有机、合理地组织在一起，提高空间的开放性和公共性，那么"类消费化"在"驱动城市经济增长，提升经济活力"的同时，亦有能力"孵化城市公共生活，提升社会活力"。

其次，发现"消费活动系列化"规律，并认为其可以推进城市消费空间新组合的发生。"消费活动系列化"，指消费主体在特定时、空范围内历时性的连续、交错从事多种消费活动，并且这些消费活动之间具有深层次关联，形成了固定搭配，使不同消费个体出于不同动因产生的消费活动带有共同的行为特征，隐含着组织性和系统性。作者从主观动因、大众消费社会、资本和参照群体、新技术的进步四个角度，以及空间实证调研分析，论证了"消费活动系列化"是一个普遍存在的现象，并与消费空间存在互动关系。

作者认为消费和其他人类活动一样，能够满足人们从基本生理需求到自我实现需求的不同"需求层次"（马斯洛"需求层次论"），消费行为的不同层级和消费活动系列化，正是建立在这个基础之上的。"消费活动系列化"的存在和不断发展，实际上是人们通过消费工具来满足由低到高的自我需求的渐进式过程。

在中国目前的发展阶段，最常见的消费活动主要是购物休闲系列和文化（艺术）休闲系列。前者是最典型的，如去购物中心购物、吃饭、看电影；后者近年来随着文化消费的发展逐渐走进生活，如去书店买书、喝咖啡。而书中提出的其他系列——体育娱乐（伦敦千禧穹顶O2中心）、博览度假（澳门旅游塔会展中心）、滨水休闲（旧金山渔人码头）、通勤日常生活（港铁车站）、地方民俗（东京浅草寺及周边），正在慢慢走入人们的视野。这些未来将会逐步出现的消费活动系列，亦证明了实体空间消费还远远没有走到头。

最后，作者系统论述了城市空间消费推进城市环境观光化。该部分对"空间生产—消费"理论进行了精彩阐述之余，提出了极有创见的一个实践指导原则，即城市空间消费品的生产机制——差异性的建构。"千城一面"现象背后的原因，就是城市经营者没有理解城市空间作为被刻意生产出来的消费品，和其他消费品的生产一样，根据鲍德里亚的符号消费理论，建立在符号编码和差异的基础上。[1]

我们对城市环境观光化最直观的理解，就是都市旅游近年来的蓬勃发展。不论在自己的城市还是去别人的城市，都市旅游的两面性显而易见：最主要的正面效果是拉动第三产业发展和提升城市活力，负面影响则集中于旅游业和游客对市民原真生活的侵蚀。为此，作者区别了"观光化"与"符号化"的城市空间，认为前者是良性城市空间符号生产—消费的结果，应当遵循强化特色资源、紧密结合日常生活的基本原则，进行差异性的空间生产，从而促成城市的宜人发展，即城市本身在逐步转变为消费空间的同时，需要平衡"生活"与"观光"的关系，在市民和游客间创造和谐的共处模式，推动"观光化"（而非"符号化"）的实现。

---

1 鲍德里亚的符号消费理论，主要参见：《物体系》，上海人民出版社，2001 年；《消费社会》，南京大学出版社，2014 年。

所以，《城市消费空间》是一本理论论述与案例分析并举的学术著作，其中精选自世界各地的案例甚至可以自成一本案例手册。更为重要的是，作者对案例的分析扎实而详尽，每一个案例都辅以清晰的分析图，将其有效嵌入理论论证之中。这一点，待读者自行阅读时便可感受到。这些精彩的案例梳理和研究，为作者的雄心——将理论层面的"消费与城市"落实到具体的城市设计方法——打下了扎实基础。

　　实践中，城市设计在尺度上介于规划和建筑之间，是将"消费与城市"理论运用于空间实践的最佳中观层面。规划太宏观，难以深入到具体的行为研究和设计操作；建筑太微观，难以解决空间和空间之间的关系。身兼建筑师、城市设计师和学者的多重身份，作者横跨规划、城市设计、建筑三重视角，在紧紧抓住城市设计这个核心出发点之余，兼具宏观和微观的综合论述能力。

　　《城市消费空间》写作的成功之处在于：将纯理论层面的"消费与城市"，同具体的城市设计方法创造性地结合在了一起，并富有逻辑地建立了一套城市设计语境的理论框架。在有关"消费影响城市形态的基本规律"核心章节中，出现了大量案例研究和从理论落到实践的城市设计方法。如在"消费活动系列化"一章中，提出了四大消费空间组合机制：消费活动基面、以双重角色城市空间为"凝聚纽带"、以联系引子为"集聚核"、以漫游体验交通为"编织线"。

　　又如在"城市空间差异性建构"一节，提出三种方式：以城市空间视觉形态建构差异性，包含创新、制奇、以旧为新、新旧结合四个法则，如迪拜以"世界第一高楼"来"创新"、以棕榈岛城市空间的整体平面形态来"制奇"；以城市空间功能建构差异性，包含功能置换和功能调整两种方式，如德国大众汽车德累斯顿透明工厂将工业功能调整为生产与购物、休闲消费结合的工业旅游空间；以城市活动、事件建构差异性，比如世博会、电影节。优秀的类型学研究使全书看起来条理清晰、言之有物，而各种机制、原理、方式对空间生产者来说则有相当实用的指导意义。

关于消费的再反思：批判是清醒，善用是勇敢

消费和城市几乎是同时诞生的，城市里有剩余产品——消费对象，还有市场——消费场所，于是消费自然就发生了。消费一度在文明传播过程中起到过非常重要的作用。没有对丝绸的消费需求，怎会有丝绸之路？没有对香料的消费渴望，怎会有大航海时代的来临？

消费的贬义化，始于工业革命后，消费转变为现代消费。前现代阶段，消费满足的主要是消费者朴素的欲望；而现代消费则是资本实现剩余价值扩大再生产的必由途径，是"生产—消费"经济链中不可或缺的部分，是资本主义生产方式赖以存在的基础。由此资本利用商品的符号价值创造虚假需求，操控人们的趣味与欲望，并产生大量的资源消耗。

但须注意，对消费的批判并不是对消费本身的批判，而是对消

费背后生产关系的批判。不绝于耳的批判，丝毫未能阻挡消费文化和消费空间势不可挡的发展势头。存在的即是暗合人性的，批判的眼光很重要，这提醒我们不要忘记，消费可以是一头猛兽；在清醒批判之余，如何利用消费的正面作用，是《城市消费空间》一书所讨论的内容。

《城市消费空间》写作于"中国社会由'生产型社会'向'消费型社会'转型步伐加速"的大背景下。这种转型的速度似乎越来越快，图书出版6年后，即全球经济不景气、经济增长放缓的当下，消费看样子正在演变为一场全民参与的GDP保卫战。空间塑造人，什么样的消费空间塑造什么样的消费者，关于消费空间的研究事关你我。可以说，《城市消费空间》诞生之时已经具备了成为一本经典理论著作的潜力，随着时间的推进，相信会有越来越多的人注意到这本书的价值。

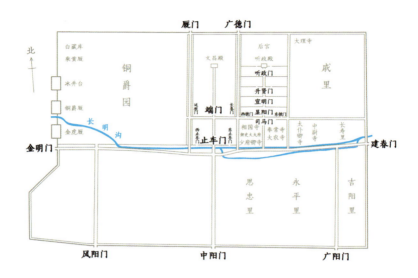

图1 （文见30页）曹魏王都邺北城的平面复原图，本书作者绘。

根据以下资料绘制：徐光冀著《曹魏邺城的平面复原研究》，《中国考古学论丛》，科学出版社，1993年。

1

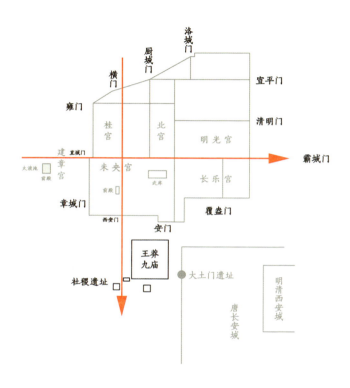

图 2 （文见 31 页）汉长安城东向与南向布局演变示意图，本书作者绘。

根据以下资料绘制：刘瑞著《汉长安城的朝向、轴线与南郊礼制建筑》，中国社会科学出版社，2011 年，第 45 页，图 1-20。

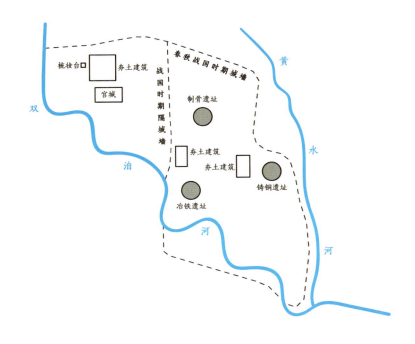

图3 （文见33页）新郑郑韩故城示意图，本书作者绘。

根据以下资料简化绘制：新郑郑韩故城平面图，《中国考古学·两周卷》，中国社会科学出版社，2004年，第236页。

图4 （文见35页）临淄齐国故城遗址示意图，本书作者绘。

根据以下资料简化绘制：临淄齐国故城遗址平面图，《中国考古学·秦汉卷》，中国
社会科学出版社，2004年，第248页。

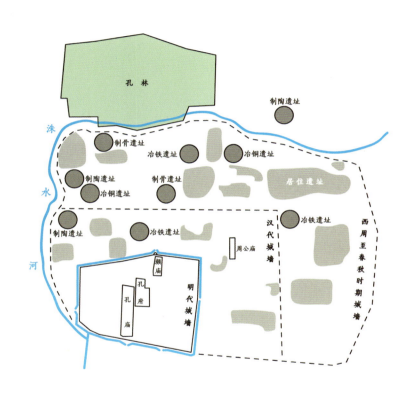

图 5 （文见 36 页）曲阜鲁国故城遗址示意图，本书作者绘。

根据以下资料简化绘制：曲阜鲁国都城遗址分布示意图，《中国考古学·两周卷》，中国社会科学出版社，2004 年，第 253 页。

图 6 （文见 36 页）半圆形瓮城示意图，本书作者绘。

图 7 （文见 37 页）波兰克拉科夫瓮城遗址

图 8 （文见 38 页）郑韩古城发现瓮城考古现场

图 9（文见 99 页）《火车进站》剧照

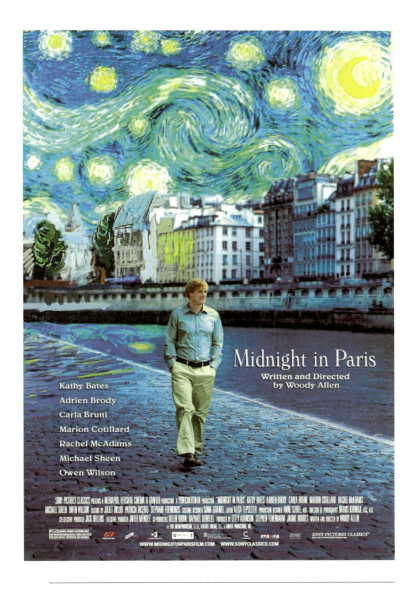

图 10 （文见 101 页）《午夜巴黎》海报，海报和电影呈现出一个符号化的巴黎

图 11（文见 103 页）《上帝之城》的场景，电影中的里约热内卢贫民窟

图 13（文见 105 页）《大都会》的场景，现代主义城市构想

图 14（文见 106 页）《银翼杀手》的场景，后现代主义拼贴城市

图 15 （文见 150 页）1999 年至 2017 年，
最畅销的 10 台手机（全球），数据来源：维基百科

图 16 （文见 150 页）2018 年，
最畅销的 10 台手机（全球），数据来源：Counterpoint

图 17 （文见 152 页）艺术家洪浩的作品：《结算 2007 B》，"我的东西"系列

图 18 （文见 153 页）谷歌街景界面

图 19 （文见 155 页）以城市屏幕为核心形成的新公共空间

图 20 （文见 156 页）艺术家 Rafael Lozano 的"太阳等式"项目

城市发生

13   "拆"字背后的政治割据逻辑

　　世界上最早的城市在距今大约 5500 年出现。把这个 5500 年放到人类 20 万年的历史中去，城市仿佛出现在昨天。而一切现今目所能及的伟大城市或文明景观，似乎也只是城市发展初级阶段的表现形式。从城市保护的角度看，"创造"与"破坏"构成了 5500 年城市发展史的主要内容。

　　作为一个城市常住民，城市保护是一个令我感到相当困惑的词，因为我看到的现象，不论是没有被"保护"过的还是被"保护"了的，常常都是令人不忍目睹的。没有被保护的成片历史街区正在不断被拆除，取而代之的是容积率越来越高的高层住宅和商业区；被保护了的街道和建筑又往往显得像假古董，"铁打"的星巴克、肯德基同当地老字号一起，撑起了很多城市都会有的一条仿古商业街。走在其中，感受到的只有消费主义的无限泛滥和全球化带来的千篇一律。

　　只看表面，这些正在中国城市中发生的视觉现象是光怪陆离，甚至匪夷所思的。《城市碎片：北京、芝加哥、巴黎城市保护中的政治》（以下简称《城市碎片》）一书，为理解这些现象提供了一个全新的政治学视角。在跟随作者探究"政治割据"如何影响"城市保护"政策的过程中，"拆"字背后的政治逻辑也清晰了起来。

逻辑清晰的理论著作

《城市碎片》是一本城市政治学著作，它并不站在"城市保护"本身的立场上去谈论，而是从政治学角度，用"政治割据"理论去解释"城市保护"各种现象背后的原因。"政治割据"并不是一个令人感到陌生的词，它甚至频繁出现在各大国际媒体的标题中："在欧洲和美国，政治割据是新常态""抵制网络政治割据""浪漫化民主、政治割据与美国政府的衰落"，等等。在上述语境中，显然，"政治割据"一词的含义并不是完全相同的，虽然它们都有着不同主体间互相冲突和对抗的内涵。

第一章是全书的理论框架。梳理了不同语境中的不同含义后，作者将"政治割据"定义为"不同行政辖区之间决策权的分配"。这个定义包含三个要点：其一，割据的主体是由于空间上位置的不同而产生的，即不同的行政辖区；其二，割据的权力类型是行政权，无涉立法和司法；其三，割据的本质是决策权的分配问题。

对第一点我略有些疑问。作者将"政治割据"分为三个主要类型：市政部门间的"功能性割据"、以选区边界为界限的"地域性割据"、中央与地方之间的"层级性割据"。其中，只有地域性割据与空间位置的不同直接关联；功能性割据在辖区范围上是一致的，不同的是各部门的职能；层级性割据在同一问题上的辖区也是一致的，是谁更有权决策的问题。故而，我将"政治割据"理解为：不同"行政主体"之间决策权的分配。

功能性割据、地域性割据、层级性割据这三个基本分类，为这本书搭建了最精彩的框架。这三个词不仅言简意赅地指向了北京、芝加哥和巴黎在城市保护中所面临的"政治割据"核心背景，且可以普遍适用于对其他城市的分析。

首先，属于"功能性割据"的北京。

市政部门间的功能性割据是中国读者最熟悉的割据类型，而北京由于其悠久的建城史和作为首都的政治地位，几乎是国人除了常住城市以外最熟悉的国内城市。作者分析认为，北京的"历史保护"缺乏市一级的专门机构，权力分布于五个功能性政府部门之中，机构之间界限不清、专业化不强，导致了历史街区的保护陷入"无主之地"。

记得刚工作的时候到北京出差，总部一位负责接待的处长在晚餐后兴奋地说要去"荷花市场"过夜生活。到了那里我惊诧地发现，儿时印象中风光秀丽、京味儿十足的什刹海，已经被酒吧街所占据。文保区是如何变成酒吧区的？什刹海作为北京"城市保护"的案例之一，在这本书中被透彻地解剖：政府部门间的功能性割据，导致了景区管理处地方自治权的膨胀，历史保护街区成了独立王国。在经济利益最大化的指导思想下，酒吧生意得到默许，进而大规模扩张，并且嫁接了各种胡同游、水上游、王府游、四合院游等旅游项目；最终，历史街区失去了原真性，迎合消费主义而迅速"迪士尼化[1]"。

当"迪士尼"发生在"迪士尼"的时候，它是一种原创性的、去日常生活化的新奇空间体验；而当"迪士尼"发生在历史保护街区的时候，它是山寨的，是消费主义对日常生活的侵蚀，更不用说这是在公权力裹挟下的结果。在第二章结语处，作者犀利地指出，正是功能性割据为"符号式保护"（前门大街是典型案例）创造了重要条件，而这种流于"符号"的所谓"保护"其实是助长了增长机器对传统建筑和街区的破坏，并且赋予这种破坏以合理性。

其次，属于"地域性割据"的芝加哥。

令人惊奇的是，在芝加哥和巴黎的章节，作者依然对相关城市"了若指掌"：历史的来龙去脉、规则背后的政治逻辑、现实案例的分析都扎实而有说服力。在对地域性割据的案例城市芝加哥的论述中作者写道，田野调查时，市议员对于什么是"城市保护"的回答是："在芝加哥，城市保护是关于社区的。"这句话不仅为她开启了一扇全新的大门，也令读者了解到，在西方民主制度下，"城市保护"的议题有着完全不同的政治基础。

---

1 迪士尼化意指迪士尼乐园的运作原理被广泛地运用在社会的各个领域。在《社会迪士尼化》一书中，美国社会学者 Alan Bryman 指出，迪士尼的经营典范是由下列 4 项原理所构成：主题化、混种消费、授权商品化、表演劳动力。

相对于北京的"符号式"保护，芝加哥是"马赛克式"的，即由于不同选区分割的社区很难被整体保护，"城市保护"呈现出"马赛克式"零碎拼贴的形式特点。"地域性割据"的影响，集中在"市议员的特权"上。根据芝加哥的政治机制，市政府虽然设有负责"城市保护"的机构，但市议员针对其选区内的动议有"一票否决权"，也就是说，任何一项动议在决策过程中都不可能不取得市议员的同意。市议员在某一动议上的最终取向，往往都跟这项动议会让其取得还是失去更多"政治资本"联系在一起。

于是，即便皮尔森居民集体反对将该区列入"国家历史遗产名录"，皮尔森的市议员依然固执地推动并成功完成了该项动议。结果是，只有极少量的居民因该动议而在税收优惠的支持下进行了房屋修缮，皮尔森地区迅速"绅士化"，弱势群体流离失所。

最后，属于"层级性割据"的巴黎

在论述巴黎中央与地方层级性割据的一章，令人感到五味杂陈的是，和发展中国家普遍的"创造性破坏"大相径庭，巴黎由于被保护得太好，面临的是"博物馆化"的危险。法国人将建筑遗产视作法兰西文化认同感的重要来源，所以中央政府一直牢牢掌握着"城市保护"的权力，通过"国家建筑师"监督巴黎的"城市保护"。

在 1982 年划时代的分权改革之后，"城市保护"究竟属于中央权力还是地方自治权力，其实是改革后地方管辖权扩大但中央权力范围并未缩小的格局在该项问题上的折射。全世界都知道，巴黎在历史上有着非常激进的自由主义传统，故而一直到 1977 年，巴黎才有了第一任市长（之前被中央废除了该职位），地方对中央在"城市保护"权威上的挑战也就从那时开始了。通过对"创造市级建筑遗产""重建巴黎大堂""红堡街区的景观保护"三个案例的深入剖析，层级性割据在"城市保护"问题上显示出"拉锯型"的斗争与妥协，最终使巴黎从国家垄断式的保护逐渐演变为央地共治的联合式保护。

在全书结论部分，作者指出：政治割据就像一个滤网，它是促进还是阻碍政府对于保护动议的执行，取决于这个动议在管辖权边界以内还是跨越了边界。这里，我也有些小疑问。关于功能性割据，该类割据其实没有跨越边界，是在同一行政辖区内不同行政主体之间的冲突，比如同一条街道的历史保护可能涉及区级规土、环保、绿化市容等平级部门，区级往往也没有城市保护的专门部门。这些平级部门之间的割据，并没有使管辖权边界内的动议更容易执行。

拿北京什刹海的例子来说，功能性割据的结果是景区管理处自治权扩大，从而让什刹海"很有效率"地变成了酒吧区，但是这种效率和"城市保护"其实没有一点关系，发生的动议是关于"发展"而不是关于"保护"的。所以，理解政治割据不能只从行政权力空间上的边界来考虑，尤其是在功能性割据的类型条件下。虽然是在边界内，但是不同行政主体之间的割据在某些案例中不仅没有单一辖区的优势，且让保护由于无人真的有权而直接转变为破坏。

妙趣横生的故事书

有一次有幸见到莎伦·佐金教授，我向她表达了对《购买点：购物如何改变美国文化》一书的钟爱，理由是对于非专业人士来说，这本书依然妙趣横生。佐金教授笑着说，她写的时候就想把它写成"短篇小说"的样子。深刻的理论不一定要用艰涩的词句去表达，既然是讲道理，就想让更多的读者能够明白你的道理，但这是一件很难的事——需要作者有将学科"专属语言"通俗化的能力。

《城市碎片》一书的英文版初稿是作者在普林斯顿大学政治学系的博士论文。没有读过论文原文，但也感觉到作者在该书的成书过程中做了一些"通俗化"的努力，写作风格同《购买点》有些相似，将"故事"的叙述方式与理论研究有机结合在一起，创造出一种普适性的文本形式。

故事从作者张玥自己的生活背景开始讲起：生在北京，目睹了故乡几十年来的巨变，在心中埋下了研究北京城市保护的种子。在三个案例城市分析的部分，每章一开始，都有一段非常鲜活又吸引人一探究竟的"故事"。北京一章，作者来到一座不对外开放的寺庙里采访一位文保官员。走进寺庙，"只见一块块或完整或残缺的石碑和门墩成群地散落在寺庙的草丛中"。官员说他无法阻止四合院的拆毁，只能把废墟中的残存物捡拾后先放到庙里。

又如巴黎一章的开始，作者写到她在调研即将结束时，看到一则令人惊讶的新闻：由于认为巴黎市将 5607 座建筑命名为"巴黎市级建筑遗产"侵犯了中央政府的管辖权，中央政府将巴黎市政府告上了法庭——戏剧性的诉讼案例将中央和地方的尖锐矛盾抛到了读者面前。

作者不仅善于用故事来引出问题，亦擅长用故事来讲道理。对于非专业读者，甚至可以把这本书当成一本"故事书"来阅读，读罢精彩的故事，也就懂得了作者的理论。北京、芝加哥、巴黎三座城市，共 8 个城市保护"故事"，生动而精准地展示了功能性割据、地域性割据和层级性割据下的状态。

其中巴黎大堂的建拆、拆建的案例令我印象深刻，它鲜活地折射出层级性割据在巴黎"城市保护"中的发展历程。巴黎大堂始建于 19 世纪中叶，第一次的拆除由戴高乐政府于 1959 年决定，尽管巴黎人发起了大规模游行抗议，但拆除工作依然在 1971 年完成，这反映了当时中央政府的绝对权力。有趣的是，时任巴黎第一任市长的希拉克主导下的第一次重建，却是在巴黎自治权扩大的政治背景下完成的，希拉克甚至自诩为"巴黎大堂的总建筑师"。到了 2003 年德拉诺埃市长开始重建巴黎大堂时，这个项目又具有了地方社会党市长挑战右翼政党总统（希拉克时任法国总统）霸权的政治意义。此时的中央政府以退为进，通过其控制的巴黎交通自治委员会去影响巴黎大堂重建的政策过程。

在这本书中，作者娓娓道来的"城市保护故事"是建立在以下这些田野调查数字上的：7 年 9 次历时 24 个月访问这三座城市，210 次访谈。这些"故事"是在不断观察和聆听的基础上，不断更新、修正而得到的结果。

关于"城市保护"的一些思考：两个问题和两条规律

我们到底为什么要进行城市保护？城市保护是一个关乎人类整体性尊严的问题。人类对抗终极死亡的方法之一是"记忆"。从个体看，我们希望能够被子孙后代记住，所以试图留下一些宝贵的东西，也会去做一些影响力不只在个体人生时间长度内的事情。至于群体，一代人希望他们是值得被记住的，希望所创造的物质和精神财富能够被后代继承和使用。由此，死亡才仿佛不能剥夺其存在的价值。活过的、创造过的尊严镶嵌在被记忆的过程中。

单个人的生命是短暂的，但是通过记忆，人类整体的生命长度可以拉长。城市保护本质上就是尊重前人，以求也得到后人的尊重，人类整体性的尊严就在这样的记忆中获得和延续。即便在现实层面，城市保护也有更多更加实用的原因，比如导论中提出的四种基本动机——实现城市规划、推动城市发展、获得国际社会认可、开发旅游经济——上述心理层面的基本原因依然在背后起着重要的作用。

第二个问题是一个更实际的问题：城市保护究竟要保护什么。一开始我就说，5500 年的城市史其实很短暂，这是从时间维度去谈论的。现在我们换一个维度，从空间维度去讨论。地球的空间是有限的，更准确地说，地球表面适合于城市存在和发展的空间是有限的。简单设想，如果每个时代所建造的每一栋房子都要被保护，那么地表将被来不及修缮的各种历史建筑淹没。空间的有限性，决定了"保护"和"发展"是一枚硬币的两个面。残酷一点说，大部分的房子、大部分的街区，大部分先人的"城市遗产"是一定会，也应该被拆除的。

同一时期建造的房屋，经过越长的时间，能够留下来的就越少。和个体记忆的基本原理一样，群体记忆也是选择性的，有了这样的选择性，城市保护的四种基本动机就会起到作用，动机加上"政治割据"的运作机制，以及这本书范围之外的其他因素，就形成了我们现在所看到的世界上各大城市被"保护"后的结果。但这只是现实的结果，不是理想的结果。还是需要探讨城市保护究竟要保护什么。

放到最具体的语境中，说到城市保护，自然是要去保护某一栋建筑、某一条街道、某一个区域的城市肌理等具体的、物质性的东西。这些物质性的东西背后其实是人的"身份认同"问题，即我们每一个人都不可避免地要自问：我是谁？我从哪里来？那一栋房子的一砖一瓦，并不是你物质生活的必需品，但是它承载了"你是谁？你从哪里来？"的部分答案。从个体角度到群体角度，这个问题就变成了"我们是谁？我们从哪里来？"，所以城市保护的对象，本质上是"我们"的"身份认同"，还是个体和社会心理层面的问题。

从"群体"这个角度出发，有两条规律一直在主导着城市保护。第一条规律是，群体共享的文化层级越高，城市保护的共识就越容易达到。比如，全世界基本没有人会主张拆掉胡夫金字塔，因为它是全人类的遗产，代表了全人类的过去；基本没有一个美国人会主张拆掉华盛顿纪念碑，因为它是美利坚的遗产，代表了全体美国人的过去。

当一个城市保护议题涉及群体（共享文化）层级降低（拥有共同身份认同的范围减小）的时候，难度就随之增大了。比如"巴黎大堂"，更多地属于巴黎人，而不是属于全法国人，所以巴黎人会说这是法兰西的文化遗产，但是外乡人可不一定同意，换成埃菲尔铁塔情况立刻会不同。在北京，前门大街可以被改成仿古商业街，但紫禁城被改成横店影视城是无法想象的。所谓"世界遗产"，就是人为地规定了什么是全人类共同的身份认同。为什么有的项目申报了多年都没有成功？除却在竞争中出现的各种复杂因素，实际上就是全人类对此的认同感还没有达到统一。

另一条规律是：群体拥有的政治资源越多，在城市保护中就拥有越多的话语权。书中提到的巴黎"红堡街区景观保护"项目就是一个很好的例子。红堡是巴黎最大的少数民族聚居地之一，"绅士化"方向的改造目标是首先将原住民（合法的居民）迁走，对于非法移民则直接赶走——利益跟着政治资源走，越弱势权利越少。所以，城市保护和其他问题一样，最不公正的问题是弱势群体的诉求最难以实现，甚至连操作层面的动议都无法发起，因为他们缺少可以为之代言的权力主体。城市保护作为另一块社会公正的试金石，可以破坏社会公正，也可以促进社会公正。

既然大部分的"拆"是必然的，那么重要的就是如何公平公正地做出拆的决策并执行；既然"修"是一个专业的工作，就培养和选拔最专业的人去做；至于"建"，已经拆掉的东西是不能再被保护的，仿得再好也是赝品。

14 城市再开发中的四个问题

虽然初版、再版于 20 世纪末，《造城者》当下读起来依然是一本相当有冲击力的书。首先，作者苏珊·费恩斯坦的写作兼具深藏的冷静与不动声色的犀利，关于纽约与伦敦的再开发典型案例，镶嵌在她逻辑缜密的理论建构之中，辅以功底深厚的相关理论综述与批评，巨大的信息"轰炸感"令人大呼过瘾。

其次，这是一本关于房地产开发商的书，作者如记者般调查解析了开发商在全球城市建造中的核心作用。他们的激情与贪婪，他们的举足轻重和一败涂地，以及他们为城市的物质形态和社会关系带来的剧变，颠覆了关于城市再开发中政府起决定性作用的一般认知。

再次，本书没有与主旨无关的多余谈资，时间集中于 1978 年至 2000 年，对象限于纽约和伦敦，内容则是这两座城市再开发历史的趋同与分异，几乎是一部 20 世纪末纽约和伦敦城市再开发断代史。阅读这本书对我的最大益处，在于激发起对老问题的新思考。以下结合书中内容，略谈四点。

房地产到底是一个什么样的行业?

多年前,我在银行从事房地产信贷工作,直观感受到两点。第一,房地产业和政府天然的亲密关系。对于民众来说,城市的GDP水平(就业和生活水平提高的保证)和城市景观的"好看"是很直观的两大指标。"好看"的城市景观中很大一部分是房地产行业创造的。上海陆家嘴金融城、深圳福田中心区,大型集聚式的城市建造,都在心理上给人以"城市让生活更美好"的激励。当下社会高度依赖房地产业为经济发展引擎,城市GDP不能忽略房地产及其相关行业的巨大贡献。大型房地产开发项目通常由当地大型国有房产企业或跨区域私有房地产集团来操盘,前者隶属于政府,后者则是地方政府竞相欢迎的合作伙伴。

第二,房地产业与金融业绝对捆绑式的关系。在从业过程中,我目睹了不论是在银根放松还是紧缩的情况下,银行都异常努力地向房地产业投放数额庞大且周期(循环持续)很长的贷款,对这个行业的"优待"高于任何其他行业。原因也很简单,房地产业的风险是很小的,银行握有抵押率很低的土地、在建工程、建成物业的抵押权,市场发生波动时,可以通过对抵押物的变现来实现债权。除非发生行业整体性的崩溃,贷款安全是非常有保证的。除此之外,银行的贷款也缺少其他出口,到期贷款最好的出处就是存量房地产客户,于是中期的开发贷款在项目建成后又转变成了长期的经营性物业贷款,甚至会通过各种增信的方式向房地产企业投放与项目周期根本不匹配的短期流动资金贷款。

与此同时，银行对房地产贷款的监管实际上很困难。大型的项目开发往往都由集团性的开发商来操作，他们的财务管理模式是中央集中型的，项目在未获得贷款时（缺少一些准入条件，如施工许可证）已开始建造甚至临近完工，银行投放资金的实际去向与项目的资金使用通常是不匹配的。

　　《造城者》关于房地产开发的特殊性及其影响一章的论述，梳理了房地产业为何占有如此重要位置的理论依据，其中最重要的是对房地产"资本属性"的理解。对消费者而言，房地产是一个既可以使用，亦可以投资以获取回报的空间商品；对开发商而言，房地产开发不仅有很高的利润回报，持有型的物业还可以抵押获得新一轮的融资，从而加速利润的生产速度。

　　在城市层面，房地产业不断生产出新的空间，而这些空间通过容纳新的生产关系，又不断投入一轮又一轮新空间的生产。这样的行业是独一无二的。作者指出，大卫·哈维关于房地产业属性的判断有两方面的偏颇，一是认为房地产投资在初级循环中出现过度积累，投资进入建成环境中（二级资本循环）并一直停留在那里；二是认为房地产投资不创造价值，是"虚拟资本"。在一次与友人关于深圳城中村村民受益于城市迅速开发，而转变为市中心大房东现象的讨论中，我认为，这是一种不劳而获的"寄生"现象。而作者指出，这其实是一个"谁应该获利"的问题，而不是"利润是否存在"的问题。在深圳城中村的案例中，显然，微观层面的获利者似乎是不劳而获的，但在城市层面，村民提供的空间的确激励了新的创造价值的社会关系（因低廉的租金和多元的环境，很多创业者都在城中村起步）的产生，从而成为城市发展的优质空间资本。如此看来，房地产业在城市经济中的重要性不应当被简单看待。

城市政体对再开发的影响是决定性的吗？

关于纽约和伦敦城市再开发的比较研究，是《造城者》另一个精彩的部分。纽约和伦敦有着不同的城市政体，核心表现是地方与中央的关系。如果把政府看作经营城市的公司，纽约和中央政府的关系类似子公司和母公司。纽约（市政府）相当于一个拥有独立法人地位的子公司，经营的自由度很大，且在很大程度上要自负盈亏；伦敦（33 个地方政府）和中央政府的关系则更像是分公司和母公司，经营的自由度很小，也不太需要自负盈亏。

此外，迥异的政党政治背景也让两座城市显得非常不同。美国是推崇个人英雄主义的国家，共和党和民主党仿佛是贴在执政者身后的标签。而在英国——世界政党政治的诞生地，保守党和工党绝对是执政者的胸牌。论及纽约的城市发展，常说的是"某某"市长时期；而伦敦，则是"某某"政党执政时期。这也是为什么作者在论及 20 世纪 80 年代，纽约与伦敦有着相似的将房地产开发作为刺激增长的基本策略时，使用了"纽约市政府"和"负责伦敦的英国政府"这两个不对等的词汇。

将上述区别放到 20 世纪末的城市再开发领域，纽约呈现出在

1975 年财政危机之后，在更明显的市场导向下的粗放和自由；伦敦则因为在市场和国家干预之间不断摇摆，情况显得精致和复杂得多。

书中论述的时间从 1978 年至 2000 年，主要处于英国保守党再度执政的时期，即 1979 年撒切尔夫人上台至 1997 年约翰·梅杰下台。在 1994 年工党废除党章第四条公有制条款之前的 75 年内（1918 年颁布了包含该条款的党章），公有制（至少在形式上）是工党解决城市问题和英国经济衰退问题的主要手段，保守党则站在对立面——私有制的立场。由于未能扭转英国经济衰退的趋势，工党在 1979 年失去了执政党的地位，撒切尔政府强硬和坚定的私有化路线，使得伦敦的城市再开发和纽约呈现出趋同的景象：政府减少干预，为开发商提供各种便利与服务，从而引发了 20 世纪 80 年代这座城市的迅猛开发，城市的物质形态被显著改变。这种趋同根源于两大背景：两座城市都选择以维护其全球性城市的地位为首要目标；在方法上，纽约保持了自由主义的惯性，伦敦则突然转向自由主义。

曾经帮助英国成为世界帝国的自由主义，这一次未能助其重现辉煌。战后凯恩斯的国家干预理论和由《贝弗里奇报告》所确立的福利国家蓝图已在英国扎根，尽管撒切尔主义一度让英国走出了经济危机，但贫富差距的进一步拉大和社会公平的严重倒退，最终没能阻止英国经济的再度回落，保守党自然也就失去了选民支持。

20 世纪 90 年代，纽约和伦敦的城市再开发的政治环境再度发生分异。纽约依然以经济发展为主要价值导向，对社会公正问题并不十分关注。伦敦进入了一个全新的共识政治时期，布莱尔领导下的"新工党"并未回到之前的公有制思路（事实上，工党党章的公有制条款就是在其任期内被废除的），而是延续了保守党私有化的项目，并在城市再开发领域依然依赖私营部门，但公私合作的伙伴关系被制度化，规划层面的社区参与得到了进一步的发展和促进。

在这本书论及的时间段内，城市政体对再开发的影响并不是最重要的。尽管伦敦和纽约的体制非常不同，但结果大同小异：对开发商和私营资本的高度依赖，体现了经济发展优先、兼顾社会公平的执政价值取向。国家和城市一旦加入全球竞争体系，就不能幻想不同的城市政体对开发商和私营资本会有不同的态度。

经济发展优先是必然的价值取向吗？

为什么纽约和伦敦在 20 世纪末最后 20 年，都选择经济发展优先，兼顾社会公平？当然，两者天平的角度在 20 世纪 80 年代可能比较一致，到了 90 年代，伦敦在社会公平这方面的砝码加大了一些，但本质上依然是经济发展优先。经济发展优先是必然的价值取向吗？我的答案是：现阶段是的。理由有几方面：

第一，经济发展的背后是人类演化过程中的"竞争"本能。

竞争和追求公平都是人类的本能，但在生物演化史上，是竞争让人类成为万物之灵。国家与其他国家、城市与其他城市的竞争，像极了演化史上人属生物同其他物种以及后期智人同其他人种的竞争。不同点在于，后者的竞争结果是残酷的胜出与淘汰。但我们把人类历史往回推几百年，就会发现，"地理大发现"之后发生在全球范围内的先进地区对落后地区的掠夺，残酷性几乎与其相当。人类文明发展到今天，世界上的任何一个角落，除了技术无法到达并进行开发的地方，都不可避免地卷入了所谓"全球化"潮流中，如果不建立自身的竞争优势，只有被掠夺的结局。

工业革命后，随着各地区城市化不断加深，城市成为地区竞争的主战场，以"竞争"为内在动因的经济发展，如何能不成为首要的价值取向？在伦敦城市再开发的实践中，从保守党私有化政策和工党公有制理念的博弈来看，私有和公有都是方法而不是目的，最终都会统一在发展经济的大旗之下，你中不排斥我，我中亦可有你。这也解释了为何工党最终竟能做出废除党章中公有制条款的决定，不能发展经济和提高人民生活水平，政党就会失去其执政基础。方法可以抛弃，发展的诉求不可能改变。

第二，经济发展和社会公平不是必然对立的。社会公平这个词长期都被很"笼统"地滥用，实际上，其内部有着不同层级。执政党都理直气壮地谋求经济发展，是因为经济发展能够带来社会公平——这里的社会公平指的是整体上的社会公平，比如一个国家、一座城市层面上的公平。而出现在城市再开发领域的社会公平诉求，通常是局部的，如一个产业、一个社区层面上的公平。

在纽约时代广场案例中，谋求公平的是承受不了高租金的剧院衍生的服务产业；在伦敦斯皮塔菲尔兹案例中，则是经济基础微薄的孟加拉人社区。

政府通常无法直接提升穷人的福利，穷人的福利需要通过再分配——而不是"直接"——来保障。没有发展，政府拿什么来再分配？从这个角度看，经济发展同整体社会公平是没有矛盾的。经济发展同局部社会公平的矛盾，从另一个角度看，其实是局部公平和整体公平的矛盾，只是由于整体公平在具体项目中不那么"可视"而隐没在了局部公平（通常看起来利益受到很大损失）和经济发展（通常看起来是开发商赤裸裸地逐利）的背面。表面上看，规划平衡的是发展与公平的关系，更准确地说，则是局部与整体的关系。

第三，经济发展与社会公平不应是同一个层级的价值。把两者放在同一个层级去讨论，是一件很荒谬的事情，前者是物质范畴的概念，而后者则包含了物质和精神双重意义，是具有更高层级价值的概念。在社会主义国家，发展经济的目的是为了实现共同富裕，这个目的本身就有强烈的社会公平的含义。关于社会公平的定义，很难用一句话来概括，但我认为有两项内容是基础性的：坚实的社会保障和多元包容的社会文化。要同时满足这两项要求，经济必须发展到一定程度。经济发展是手段，社会公平是目的。社会公平是经济发展背后更大的价值，而不应该是同一层面对立的价值。在整体社会公平和局部社会公平的选择上，整体优先于局部，是民主社会必然的逻辑（少数服从多数），但局部社会公平如果涉及人基本的生存和发展权利，则另当别论。民主固然是社会正常运作的规范基础，而对弱势群体的保护，则是文明发展到今天应被自觉遵循的基本道德，道德优于规范。

贫富差距拉大是必然结果吗？

为什么在现实中，经济发展优先的政策取向常常带来了贫富差距拉大的结果？贫富差距拉大，可能比"共同贫穷"好一点，但和"共同富裕"却大相径庭。

原因之一，是将经济发展等同于经济"快速"发展。比如，政府官员的政绩诉求，导致政府在实践中总是抱怨，对社会公平过度的考虑会影响再开发项目的实施进度，影响当地经济的发展速度。但并不是每一个再开发决策都会达到振兴经济的效果，市场变化经常不可预测，刚愎自用、一味猛进的项目可能造出一座鬼城。

《造城者》中论及的国王十字车站再开发项目，遭遇了来自当地社区和原住民的抵制，结果在再开发过程中出现的自发、渐进式业态植入，反而为项目在经济向好时的重新发力集聚了更多能量；而斯皮塔菲尔兹市集在开发过程中的迂回阶段，所引入的过渡性用途，并非大型开发植入，却意外成功，并为本地居民创造了大量工作岗位。自发生长不一定是低效的，来自非规划的民间力量，有时破坏性更小、更温和，对经济发展和社会公平的促进不容小觑。

原因之二，是对社会公平的追求常常被后置，发展的推进方

"蛋糕大了才能更好地再分配"的思想根深蒂固。项目一旦启动，就很难随意中止，对开发商的强依赖，让政府有时处于弱势位置。时代广场案例中，规划斡旋时开发商需要进行的补偿方案，最终都被他们想方设法规避了，不仅克林顿社区没有从私营开发商那里拿到一分钱，开发商也未履行对政府做出的关于修缮地铁站的最低限度责任承诺。

如果将社会公平视为经济发展的目的，那么将其前置是必然的选择。这种选择的另一个好处和上述"原因之一"有关，它可以成为一个平衡器，遏制再开发活动往错误的方向"快速"发展。所以，问题不出在是否要发展，而是如何达到最好的发展效果；问题也不出在是否要公平，而是如何看待发展中的公平，如何将其与发展有机结合起来。

● ● ●

《造城者》是一本现实主义的书，它剖析了现实是什么、现实是怎么发生的、现实的合理性在哪里，以及现实在什么情况下有机会变得更合理。这正是这本书令人肃然起敬的原因。书中没有什么口号式的句子，却显示出一种别样的个性和自信，在浮夸风、标题党盛行的当下语言环境中，读起来反而觉得警醒。此外，作者苏珊·费恩斯坦不仅是著名的城市政治学学者，还是一位女性主义者，在她的另一本著作《女性与规划》中，读者或可更多地了解到性别对抗与城市形态之间的关系。

15   地理媒介：新自由还是新操控？

"这是一本相当烧脑的书"——封底内容提要如是写道。的确，如果将《地理媒介：网络化城市与公共空间的未来》看作一本传播学著作，那么专业外的读者在理论背景知识和概念理解上总会遭遇一些障碍；好在，作者斯科特·麦夸尔（Scott McQuire）教授并没有把他的论述局限于单一学科，而是穿插使用了丰富多样的全球性新案例。因而，这实际上是一本既"烧脑"又"普适"的学术图书。不管看懂了多少，都可以跟着作者来一场"头脑风暴"。

什么是地理媒介？

在介绍全书的核心概念——"地理媒介"（Geomedia）——之前，我想先谈谈手机这件事。2000 年，我有了第一部手机，那时手机都是数字键的，区别在于有盖（翻盖、滑盖等）和直板。相对于 20 世纪 90 年代出现的"大哥大"，那部手机有了一个新的功能：短信。虽然是窄窄的黑白屏，且一行只能显示几个字，但手机从此由单纯的通讯工具转变为"通讯 + 交往"平台。往后发生的事情，我整理了两张图。

第一张图（图 15）一定会勾起部分读者的回忆。这些机型诞生于 1999 年至 2017 年，图上的十台手机虽然没有包含当时的很多长相更加奇特的机型，但也算是形态各异，其中一些机型还是同一家公司的产品。

第二张图（图 16）上的这些手机，现在就握在我们的手中，放在一起还是挺令人吃惊的。是的，它们都长得一模一样，母体就是 2007 年苹果推出的智能手机：第一代 iPhone。手机形式设计趋同的背后，是制造商对手机"目的"的一致性认同：大屏幕可以展示最多的 APP，触屏可以让用户以最快的速度付费。短短几年内，智能手机变成了消费社会最重要的接入终端之一。当越来越多的生活、工作、社交、娱乐需求，都被简化为屏幕上那一个一个的小圆圈，手机是你的延伸，还是，你是手机的延伸？

人与技术混沌不清的纠缠状况，恐怕可以作为理解"地理媒介"的一个切入点。麦夸尔教授将"地理媒介"定义为：在现代城市中与不同媒介平台的空间化过程紧密相关的新技术条件。所谓"新技术条件"，我的理解是，以新的高速数字传输技术为基础，以覆盖面更广的网络化为表现形式的新硬件和新软件，比如在这本书中被详细讨论的 LED 大屏幕、谷歌街景、智能手机。

麦夸尔教授进一步提出了"地理媒介"概念的四个维度：第一，无处不在，"媒介"与特定地点的绑定关系（如去电影院看电影、在家看电视等）被打破，移动和植入式设备与数字网络一起，把城市变成媒介空间，公私领域不再清晰；第二，位置感知，"位置"从限制变成了资源（商业性导向显著），携带包含定位软件设备的每一个人都是城市"大数据"的活光标；第三，实时反馈、事件先行、媒介反映事后的传统"反映论"范式被颠覆，事件和反馈交织在一起，成为更加紧密复杂的系统；第四，融合，媒体不断加深的技术化、网络化，与技术越来越媒体化一起，塑造了新的媒介景观和新的社会关系。

除了上述四个维度，我还想补充三点。其一，在技术领域，"地理媒介"指的是一种"地理信息系统应用程序"（GeoMedia），这种应用程序就是上述"新技术条件"的基础性代表。通过麦夸尔教授的新定义和新诠释，"地理媒介"从技术的领域来到了社会的领域，人创造技术与技术创造人的辩证关系包含在这个概念中。其二，回到"混沌"一词，"地理媒介"加深了人与技术之间的混沌纠缠关系，在"地理媒介"时代，人无时无刻不被媒介所裹挟，远远不再只是受众，而是更深度地参与了信息的制造与传播，每一次的"反馈"都在使人成为媒介工具本身。其三，麦夸尔教授在定义"地理媒介"时，着重强调了"地理媒介"的空间化能力，他认为"各种新传播技术以新的方式将媒介空间化之后，构成了当代城市有机的组成部分"，而全书正是从这个视角出发，"着手探索城市公共空间的未来"。

地理媒介与消费主义的耦合

在讨论这本书的重点——地理媒介与城市社会空间的耦

合——之前，先来谈谈另一个同样重要的趋势，即地理媒介与消费主义的耦合。（图 17）

近年来，上海人民经历了两件铺天盖地般出现的新人新事：无处不在的广告屏幕和无处不在的快递小哥，我们与之仅隔一扇家门；一旦出了家门，可能在门厅里就能同时见到广告和小哥。

"把所有经济上的满足都给予他，让他除了睡觉、吃蛋糕和为延长世界历史而忧虑之外，无所事事；把地球上所有的财富都用来满足他，让他沐浴在幸福之中，直至头发根：这个幸福表面的小水泡会像水面上的一样破掉。"陀思妥耶夫斯基《死屋手记》中的这段话，常被引用来解释消费主义。消费主义可能是当今世界流传最为广泛的一种替代价值，甚至演变为人类社会存续和发展的动力。"地理媒介"加深了这种趋势，为消费主义在技术上提供了两项新突破：

第一，个人行为的全面数据化。移动支付的全面普及，让每一次消费行为都变成了一条数据，这些数据除了用于分析个体的消费偏好外，整体上的价值更大，可以作为行业、地区、国家等更高层级数据分析的基础，从而服务于商业战略的制订和修正。数据不断产生，形成了一个商业价值不断增大的数据库，单纯的记录和查询功能已经逐渐被需求分析和开发所取代，从而应用于更多消费需求的创造。生产的目的从满足需求到创造需求，是全球消费社会不同发展阶段的必经之路，而消费行为的全面数据化则为此提供了一个数据"宝藏"。

除了消费行为之外，人们容易忽略的是另一种非消费行为的数据化，而这种非消费行为的数据化也很有潜力被纳入上述"需求创造"体系中。其中比较突出的例子是对"不作为"的记录和应用，比如我很久没有去的某家网上店铺，某天打开APP，那家店铺发来了一条大约措辞为"亲爱的，您已经好久没来了，特别送您一张面值XX元的抵用券"的消息。又比如很多购物APP的"新客免费""新客优惠"等，是通过识别你的"未购买"（不作为）来进行促销。未来会发生这样的情况：睡了十二个小时醒来，手机上出现这样一条消息：建议您前往XX健身房（距离您所在的位置XX米）进行锻炼。又或者，在家宅了一阵没太出门，手机上出现的消息为：为您推荐XX旅游项目，30分钟内下单享更多优惠。非消费行为的数据化，让我们在消费社会面前更加无所遁形，它使原本与消费无关的行为变成了消费行为的前奏。

第二，城市空间的全面数据化。这本书第二部分讨论的"谷歌城市"，是城市空间全面数据化的一个典型案例。作为对谷歌地图空中卫星图像的补充，谷歌街景（图18）在2007年推出，目前已经覆盖全球一百多个国家。2007年以前，人们还在为用谷歌地图的卫星照片"鸟瞰"一座城市而兴奋不已，忽然，谷歌街景开始用在交通工具顶端安装摄像头的方式——非常原始——把全球3000多个城市的每一条街道拍了下来，并形成了一个庞大的数据库。点一点鼠标，城市街道上的细节扑面而来。暂且不论谷歌街景对个人隐私权的侵占问题，这里引用麦夸尔教授提出的一个重要观点："在建设谷歌街景数据库过程中，谷歌有效地挪用了城市空间的公共形象，并将这一本不属于任何个人的公共资源转化为商业价值。"

这种商业价值跟消费主义乍看似乎没什么关联。谷歌街景现在看来是谷歌地图领先于其他地图服务的最核心的竞争力，构成了谷歌地图在全球超过十亿用户的基础。关键在于街景的图片与地理位置相结合，让谷歌地图的数据变得更准确更有价值，从而为在移动设备上基于"地点"的商业逻辑——打车APP、外卖APP等——提供了强大的技术支持。当然，谷歌街景和谷歌地图还有其他应用领域，但是，它在消费领域极大推动了依托于"定位"的各种消费行为的产生和扩张。

个人行为的全面数据化，是技术对隐私权的一种侵犯，尽管这种侵犯很大程度上是由个人主动"让渡"的，但其中必然存在一种无形的"强制"，比如当你去超市买东西，对方告诉你纸币没有找零建议用支付宝。这种无形的"强制"是趋势化和决定性的，就像不用智能手机并不代表你不处于移动互联网时代一样。而城市空间的全面数据化则显得更加惊人，本质是技术对原本"公有"领域的空间资源的私有化侵占。上述两种类型的"全面数据化"与消费主义的耦合，结果是技术服务于消费主义，提高了消费主义蔓延的深度和广度，为其全球性的扩张创造了更好的条件。然而，根源于资本主义制度的消费主义，在无节制"生产—浪费"的循环中还能走多远呢？

地理媒介与城市公共空间的耦合

公共空间的本质不是地点，而是行动，人的行动赋予城市空间以"公共性"。关于"地理媒介"与公共空间的耦合问题，麦夸尔教授在本书中可谓大开脑洞，提出了非常多的论点和案例。

其中两点给人以深刻的印象。第一，"地理媒介"赋予公共空间以新的"形式"和"意义"，他认为："数字网络可以按照新的规模、强度和时间性来对公共空间的意义以多种方式进行重新框定。"第四章中提到了一个案例：利物浦为在伊拉克被杀害的当地人肯·比格利举行默哀和葬礼，在城市（直播葬礼的）屏幕前聚集的人数超过了去大教堂的，不少人甚至将鲜花放在屏幕之下。（图19）这个案例中，"在场"的要求与空间的局限被"地理媒介"弥合了，更重要的是，它不仅提供了另一种情感共识强度毫不逊色的"在场"可能性，这种可能性甚至创造了一种全新的体验。没人会在自己家里看电视直播的时候将鲜花放在电视机旁边，但城市屏幕的直播却引发了这一主办方完全没有料到的行为，不得不说这是一个非常值得深思的问题。

第二，"地理媒介"在城市公共生活"求同"与"存异"之间的平衡促进上，是大有可为的。麦夸尔教授认为"我们当下面临的挑战就在于学会如何在多样复杂的环境中分享'社群'既有的共同之处，同时又不在虚假共识的表象下丧失我们之间的各种差异"。"陌生人的社会"是城市得以存在的一个重要的心理基础，咫尺天涯的"陌生"一方面赋予了现代城市以丰富多元的张力与活力；另一方面，越来越复杂的人口构成，越来越多元的价值观环境，导致共同的语言、文化、宗教等聚合力日渐减弱、消失，从而引发摩擦、对抗。在"差异"占据显性位置时，人们之间的"共同点"就会被忽略甚至故意回避。平衡的丧失引发了冲突甚至暴力。如何唤起人们对彼此之间隐性共同点的思考与情感？书中关于公共空间中"关系艺术"的案例为此提供了一些思路。如艺术家拉法耶·罗扎诺（Rafael Lozano）的"太阳等式"（图 20）项目：参与者可以下载相关 APP 预览等式内容，也可以改变等式变量来控制广场上模拟太阳的气球。同一个时间，人们可以在公共空间中"共享"一个经由他们自己不断改变的"太阳"，与"太阳"的直接互动和与彼此的间接互动，形成了特殊的共同经验。"差异"在普通生活中的显性性质，在艺术体验中变成了隐性的，新的共识感得以形成。

在看到城市公共空间被再造的同时，也应该看到"地理媒介"随时随地、无孔不入的特点，正在给城市管理不断增加新的挑战。书中提到 20 世纪 90 年代的"夺回街道"行动，已经开始利用分散式数字媒介来进行公共动员，利用手机短信来传播信息和组织行动。如今，手机短信被新的社交媒体所取代，"脸书"在法国的"黄背心运动"中，扮演了重要角色。马克龙，全球社交媒体的宠儿，当下正面临社交媒体带来的"灾难"。社交媒体主导的社会行动有一个新的重要特点：行动者具有行动者与报道者的双重身份，行动本身不依赖传统媒体就可以在全球范围内广泛传播。一场围绕着社交媒体展开的新的城市权力斗争，正在全球范围内不断上演，各方势力都在学习新的传播逻辑和技能，这让城市社会关系变得越来越复杂。普通市民在拥有更多选择自由的同时，也更容易沦为乌合之众。

新自由还是新操控?

作为一本并不厚重的书,《地理媒介:网络化城市与公共空间的未来》全面揭示了"地理媒介"的正负两种能量,理论梳理和案例实践皆扼要精彩。"尽管——或正因为——数字技术对日常城市时空的殖民,数字技术发展也可能是解决当下困境的法门"——正如他在最后一章"重构公共空间"中的总结性论点,麦夸尔教授对"地理媒介"的前景显然持有非常乐观的态度。全书也清晰地表明了,技术如何影响人类未来,取决于人类怎样使用技术。

资本主义生产方式通过将人性的弱点——比如贪婪——变成发挥人创造力的原动力,极大扫清了技术创新的阻碍因素,将人类文明带入了一个经济高速发展的新时代。与此同时,技术的面貌开始变得越来越模糊和暧昧,其"从属性"正日渐消退,"主体性"日渐显露。技术变成了一种新权力,这种权力跨越了传统权力地域性的局限,正在形成全球性错综复杂的权力新格局,而"地理媒介"则起到了推波助澜的作用。"地理媒介"在带来新自由的同时,也引发了新的操控。不论是在与消费主义耦合,还是与城市社会空间耦合的过程中,新自由与新操控都深刻地纠缠在一起,成为国家、政府和个人都不得不面对的一个新现实。

16

图书馆幸存指南

或许是因为小说的初稿，是雷·布拉德伯里在 UCLA 图书馆地下打字间的按时计费打字机上用九天时间码完，《华氏 451》的故事进度快得令人猝不及防。接近尾声时，终于进入了最有诗意的部分：在书籍全部被烧毁的城市边缘，逃亡中的蒙塔格遇到了这样一群人，外表是流浪汉，内在是图书馆，依靠最原始的人脑记忆法背诵下那些伟大的书，以期在将来的某一个时刻可以再次付梓。

小说最后写道，"待我们抵达城市"，沉重的现实与乐观的期待萦绕在这座"流动图书馆"周围，他们或许能够回到文明中心，成为文明重生的楔子。

距离《华氏 451》初版已经过去了半个多世纪，是否有朝一日，人类真的需要用这种最原始的方法，来保存书和图书馆？

火灾与防火：图书馆的头等大事

图书馆属于世界上最难幸存的那类场所。除了和其他建筑物一样容易毁于各种自然、人为灾害外，作为"书的容器"，图书馆内的"书"会受到包括灰尘、潮湿、霉变、虫害、偷盗、火灾在内的各种威胁。而一座没有了"书"的图书馆，显然是不能称为图书馆的。和《华氏451》中发生的情况一样，古往今来，图书馆最大的敌人是"火"。天灾偶尔，人祸居多。

历史上最著名的"传说中"的图书馆，恐怕要数希腊化时代的亚历山大图书馆了。由于托勒密王朝对藏书之极端追求——托勒密三世曾经从雅典档案馆借出手稿原本，仿造副本归还原主——终于建成了当时世界上藏书最多、文种最全的图书馆。然而，这座传奇图书馆却只存在于后世的文字之中。它毁于火灾，一说是公元前48年恺撒发动战争时，意外之火将其烧毁；另一说是公元641年，穆斯林征服者奥马尔的将军阿慕尔征服亚历山大城时请示如何处置图书，奥马尔命令全部烧毁。

如今号称世界上最大图书馆的美国国会图书馆，历史上和"火灾"纠缠不清。在成立的第15个年头，1814年8月24日，美加战争期间，英军攻陷华盛顿，顺手点燃了大量公共建筑，其中包括美国国会图书馆（国会大厦），其所藏的3000多卷（在当时是一个巨大的数量）图书被烧毁；1851年12月24日，又一场大火烧毁了35000本书（全部馆藏的80%）。

近年最著名的图书馆火灾，应该是2015年莫斯科社会科学信息研究所的大火（损毁馆藏15%），因这座图书馆是俄罗斯人文科学的文献心脏，俄罗斯科学院院长称其为"科学界的切尔诺贝利事件"。引起火灾的原因，竟是三层一个房间的电线短路。

火灾是图书馆挥之不去的梦魇。于是，防火也应如影随形。首先来说说我认为图书馆史上最为神奇的一个案例。

故事要从 1839 年一个叫作奥斯丁·亨利·莱亚德的英国年轻人说起。原本打算去锡兰（今斯里兰卡）任殖民地官员的莱亚德，在东方之旅的途中，经过了底格里斯河畔的尼姆鲁德遗址，并且被摩苏尔附近的库云吉克大土丘"摄住了魂儿"。1845 年，当他终于开始进行"亚述探险"时，遇见了另一个年轻人——亚述人后裔霍姆兹德·拉萨姆。29 岁的莱亚德和 19 岁的拉萨姆，这两个对古代世界充满神往与想象的考古者，携手展开了一场永垂史册的发掘之旅。

说他们是"天作之合"也不为过。莱亚德有能力向大英博物馆筹措资金，而拉萨姆精通阿拉伯语、土耳其语以及亚述基督徒的语言叙利亚阿拉姆语，和当地的村民、酋长、总督打起交道来如鱼得水。

当莱亚德基于尼姆鲁德的发掘出版了《尼尼微及其遗址》（当时他误以为尼姆鲁德就是《圣经》中的尼尼微），转而成为外交官和政治家以后，拉萨姆则继续挖掘库云吉克。1853 年 12 月，一个巨大的土堤坍塌了，拉萨姆听到他的人喊着"苏瓦尔！"（图像）。月光下，有 2500 多年前为亚述国王巴尼拔的房间雕刻的石板，宫殿的地板上散落着传奇的亚述巴尼拔图书馆所收藏的泥板残片。

亚述巴尼拔图书馆尽管不是最早的图书馆，却称得上是第一座试图收集到世界一切知识的图书馆（比亚历山大图书馆早 400 年）。亚述帝国最后一代国王亚述巴尼拔，和先辈一样穷兵黩武，却对文化有着狂热的爱好。他热爱收集文献和收藏泥板，派抄写员到帝国各个地区收集和抄写文献，将它们收藏在他建立的图书馆中。

这座图书馆的神奇之处在于：它是一座火烧不尽的图书馆。公元前 3200 年左右的某一天，美索不达米亚地区的某个人，用芦苇秆在随手可得的泥巴上刻下了一些符号，潮湿的泥巴在烈日下很快干燥，符号永远印在了上面，那就是世界上最早的文字——楔形文字。这种文字和承载文字的泥板，就是亚述巴尼拔图书馆幸存下来的"书"。泥板怕水但不怕火，而且越经过火烧越坚硬。这就解释了为什么当时的书写材料还有木板、金属等，尼尼微城也曾被付之一炬，但历经几千年留存下来的"泥板书"依然金刚不坏。第一个在泥巴上刻符号的人，一定没有想到，他信手拈来的书写材料，竟能抵抗大火的侵扰，成为书籍存储史上的奇迹。

说到这里，不得不提故事的第三个年轻人，他叫乔治·史密斯，是工人的儿子，且未接受过正规教育。由于从小对亚述文化和历史非常着迷，史密斯在印刷厂工作时的午餐时间全部都花在了大英博物馆。他的研究天赋引起了著名亚述学家亨利·罗林森爵士的注意，并被邀请进行出土文物的整理工作。1872 年，史密斯破译了从亚述巴尼拔图书馆运来的以楔形文字阿卡德语书写的《大洪水的迦勒底人记述》，即世界上最早的史诗《吉尔伽美什》，引起轰动。那一年，他 33 岁。

接下来要说的第二个案例之所以经典，是因为它诠释了"防火意识"在图书馆火灾防范上居于最重要的地位。明嘉靖四十年（1561 年），兵部右侍郎范钦退休返乡，决定建造一座私家藏书楼来存储他历年收集来的 7 万余卷图书。从天一阁建造之初，一直到今天，它惊人地从未发生过火灾。

零火灾记录要归功于建造者范钦所具备的极致的"防火意识"。首先，"天一阁"这个名字取自于郑玄《易经注》"天一生水"，体现了建造者将"防火"置于最优先的位置。其次，具体营造上，为防火进行了多项创新设计：生活区与藏书楼分开，并保持一定防火间距，分隔墙的门错开设计；藏书楼及周边设置留有足够多的安全出口；楼前凿"天一池"，池水终年不涸，蓄水以备用灭火。再次，也是最重要的，范钦制定了非常严格的"防火守则"，包括：禁止烟火入阁、烟酒切忌登楼——避免疏忽导致的火灾；不得无故入阁、外姓人不得入阁、女性不得入阁——疏忽的根源还是人，越少人进去越安全。

范钦为什么会有这么强的防火意识呢？原来他有个好朋友叫丰坊，其人命运多舛，早年进士出身，因事遭贬谪，晚年穷困病逝于寺庙。丰坊有很高的文学修养，同范钦一样是大藏书家，藏书数万卷，以"万卷楼"储之。然而其人性格乖张，一次酒后秉烛登藏书楼，忘吹蜡烛导致失火，损失惨重。显然，由于疏忽大意导致的火灾给范钦敲响了警钟。规则是苛刻甚至不近人情的，传说嘉庆年间宁波知府的内侄女钱绣芸，因仰慕天一阁藏书而嫁给范钦后人，婚后方知该后人并未掌管藏书楼且族规禁止女性入阁，绣芸竟郁郁而终。

还有一个防火案例很有趣，源于一个颇为惊悚的传说，那就是耶鲁大学的贝内克图书馆（全称"贝内克珍本与手稿图书馆"）。这栋外表极具特点的图书馆由第 10 届普利兹克建筑奖得主戈登·邦夏设计，落成于 1963 年。

建筑外墙非常独特，照片中镶嵌在方格子里的方形大理石板厚度为 32 毫米，可以透过一定的外部光线，同时阻挡热量和紫外线。除了功能性作用外，这个设计在室内看来如梦如幻。而最令人感到震惊的，是在耶鲁大学校园甚至互联网上广为流传的一个说法：该图书馆的灭火系统在发生火灾时会将馆内空气全部排出，导致里面的人员窒息而死。

贝内克藏有 50 万册珍本和以百万计的手稿，其中包括古登堡原版《圣经》（西方第一本以活字印刷术制成印刷品的书，印数 160 至 185 本，现存 49 本完整或残篇）和"伏尼契手稿"（成书于 15 世纪初，至今无法破译的世界上最神秘的书之一）。

为了完成艰巨的防火使命，图书馆在防火新技术的运用上领先于世——当然，副产品就是上述误解。实际上，贝内克的确采用了"气体灭火"系统，但适用范围仅限于馆内存储了更高价值图书的特定区域，这个区域只有图书馆员可以进入。当火灾探测器被触发时，和普通建筑物使用水灭火不同（会损坏书），系统会自动向该区域释放大量的包含哈龙 1301（属于卤代烷，是一类非常干净的灭火剂）和惰性气体灭火剂的混合气体，从而置换出氧气以阻燃。"它们确实降低了氧气的百分比，但不足以杀死任何图书馆员。"贝内克图书馆访问服务主管史蒂文·琼斯辟谣说。

从微缩胶片到数字化：现代科技对图书馆的重塑

若简要回顾一下人类的知识存储史，第一个时间节点显然是文字发明之时。在这之前，人类存储知识的方法和《华氏451》的结尾一样，是纯粹依靠人脑来进行的。不要小看这种存储方式，大量的神话、传说，各种与现实生活有关的知识，存储在每个个体的大脑中，再经过口耳相传，构成了"信史"前人类的历史。

这段时期的知识在文字被发明以后，由一句句"话"转化为一个个"字"。文字的诞生起因于城市形成之时人类政治、经济生活的新形态，新形态让人脑存储信息的方法忽然变得不够用了。考古发现，最早的楔形文字记录多与经济生活有关，反映了当时新出现的剩余产品再分配的新的社会经济关系。从文字到书，再到"书的容器"图书馆，是一个很自然的发展过程。

微缩胶片。实体书和实体图书馆统治了人类知识存储几千年。这期间，印刷术的发明和普及使得图书复本量大大增加，从而大大减少了整本图书内容损毁殆尽的风险。而现代科技让图书馆拥有了许多全新的防火和防止其他威胁的方法。在数字化存储时代全面到来之前，有一种模拟的存储方式曾经称霸一时：微缩胶片。在它之前，存储是受到空间之绝对限制的，想要收藏更多的书，就必须要建造更大的图书馆。

1870年，普法战争期间，陷入重围的巴黎驻军需要接收驻扎在首都之外的法军总司令的指令，但携带密件越过敌人的防线十分困难。此时，发明家普鲁登·达格罗恩想起英国企业家约翰·丹瑟曾在 1853 年用微缩摄影技术将《泰晤士报》的一个版面微缩成直径1/6 厘米的一个点，于是他用丹瑟当时使用的火棉胶湿版法（涂有含碘的火棉胶的玻璃板作为负片，在干燥前装入相机曝光，然后用连苯三酚或硫酸亚铁显影，用氰化物或硫代硫酸钠定影）将密件微缩到感光板上，用信鸽递送，底片可以用幻灯机播放，从而实现了文字和图片量较大情况下的"飞鸽传书"。

实际上，早在 1839 年，约翰·本杰明·丹纳已经利用银版摄影法制作了 160∶1 的微缩照片。这个技术（及技术的不断更新）的商业化经过了很长时间才实现。应用于图书馆和档案馆的微缩胶片最终定型为 16mm 和 35mm 两种规格，并使用柜式阅读机进行资料的提取和阅读——大大节约了物理存储空间。据说在 21℃，50%湿度的条件下，微缩胶片可以至少保存 500 年。

20 世纪二三十年代，美国国会图书馆用该技术微缩了大英图书馆 300 万页的图书和手稿；到了 20 世纪中叶，微缩胶片已普遍被图书馆用于保留有腐烂危险的书籍和报刊。尽管当下，数字化存储正在逐渐取代微缩胶片这种模拟存储的方式，但由于后者存储寿命的优势，图书馆依然用其来保存重要图文。而且，同数字化存储相比起来，它具备一项绝对的优点：不会像你在使用数字化检索和阅读工具那样，用算法分析你，读取你的爱好、情绪、消费取向、政治倾向等一切可以被收集和利用的东西。

数字化存储。和其他领域遭遇的情况一样，数字化存储的出现完全颠覆了图书馆资料存储的传统观念。数字化的美妙之处在于，世界上一切的信息都可以被转换成为一系列由数字表达的点或者样本的离散集合形式；通常使用二进制，也就是说，一切的一切都可以用"0"和"1"这两个数字来表示。数字化实现了所有信息在相同格式下的混合传输，且理论上可以无限传输而没有任何损失。听上去，这和上帝是一个级别的概念。数字化难道就是图书馆的上帝？从此再也不用担心资料被火烧被虫蛀，只要把它们全部转化为"0"和"1"，图书馆就会永垂不朽？

幻想存在任何的终极答案，终究是一种天真的表现。跟我同龄的（80 后）朋友们，家里有没有一张叫作 3.5 吋盘的东西？那是电脑在国内刚普及的时候所使用的外部存储设备，2000 年以前红极一时。现今，要找一台能够读 3.5 吋盘的软盘驱动器好像有点困难。数字化的速度和效率催生了"信息爆炸"，然而这些信息"载体"的生命周期却越来越短暂。从 3.5 吋盘到现在的 U 盘，它们终将有一天被淘汰，而依附于它们的"信息"将如何幸存？

答案会是互联网吗？互联网只是增加了保存信息的"人数"，并没有改变信息存储的"载体"。当然，一本书（纸质的或电子的）保存的人数越多，能够流传下来的概率越大，这是个简单的逻辑。以互联网技术为基础的"数字图书馆"也许逃得过火灾，但新类型的灾难可能更具破坏性：二进制电荷因电流泄露而流失、存储器访问软件失效、一场不可预期的超强日冕物质抛射对电子系统造成毁灭性损害，等等。

"数字图书馆"是图书馆发展至今，最激动人心的一个篇章，因为它正在通过不断地将越来越多的文字和图片数字化，以及数量不断增多的网络接入点，为地球上越来越多的人提供了这样一种前所未有的可能性：只要你愿意，你几乎可以了解一切。同时，"数字图书馆"可能也是最危险的图书馆，除了其本身并不是百毒不侵以外，正如前文所提到的，只要你"接入"，关于你的一切也几乎都可以被了解。

还需要图书馆吗？

"数字图书馆"带来的另一个问题显然更令一部分人感到不安：它拆除了传统图书馆的墙，使得图书馆作为一栋物理的建筑变得越来越不那么重要。这对传统图书馆爱好者而言，几乎意味着图书馆的末日。未来，我们还需要图书馆吗？只要一台电脑、一个互联网接口，人们随时随地都可以获得覆盖面越来越广泛的书籍和信息。在不久的将来，图书馆是否会成为保存着人类"历史上"那些"文物图书"的博物馆？

1996 年，英国图书馆学家 S. Sutton 先生提出了图书馆将经历的四个阶段：传统、自动化、复合、数字。复合图书馆已然在席卷全球，图书馆正在整合物理资源和虚拟资源，实现传统馆藏和数字馆藏并存，无论用户选择什么方式都能通过数字化的桌面传递获得无缝的服务和资源。复合图书馆显示了"数字"和"传统"并不矛盾，且可以通过科学整合发挥"1+1>2"的作用。另外，上述四个阶段的图书馆，依然单独或综合地存在于世界各地。所以，即便就图书馆而论图书馆，传统馆藏是否会很快或最终被完全取代还有待观察。

让我们从一个更广域的视野来看待"数字图书馆"：它并不是孤立存在的，而是和人类其他领域的"数字化"共同且关联存在的。从城市生活的角度来看，"数字图书馆"是"数字城市"的一个有机组成部分。处于正蓬勃发展的"数字城市"中，我们可以清楚感受到，"数字化"正在让人类生活越来越便利。与此同时，基于人类目前依然以"肉身"的方式存在，用"滴滴"打一辆车的目的是坐上那辆车，用"链家"租一套房的目的是住进那套房——"数字化"是工具，不是目的。也许有人会把"数字化"当作目的，那么就会发生《黑客帝国》里那样的情况。

2017 年，美国著名纪录片导演弗雷德里克·怀斯曼的一部叫作《书缘：纽约公共图书馆》的电影，提供了一个新的思路：图书馆是否会消失，完全取决于人们如何定义"图书馆"这个词。

影片开头，英国演化生物学家理查德·道金斯（以 1976 年出版的《自私的基因》一书而闻名全球）在纽约公共图书馆总馆的大厅演讲，为"无宗教信仰群体"一直以来被政客和大众所忽视而发声。道金斯教授充满理性和诗意的语言，深深吸引了站在大厅里的读者，他们不一定都是无神论者，但他们的眼睛里闪烁着倾听的欲望和面对面交流的热情。

讲座、读书会、音乐会甚至招聘会，出现在纽约公共图书馆网络的各个图书馆内（2017 年年报显示它有 92 个分支机构）。此外，图书馆还从事着儿童教育、残疾人教育、老年人服务等类型的社区教育工作。

整部影片展现了纽约公共图书馆已经从书的"存储中心"转变为市民的"教育中心"和"社区中心"这样一种全新的组织形式。更值得一提的是,影片中出现了很多有色人种,作者、读者、服务者、被帮助的弱势群体……导演用了大量笔墨来讨论图书馆之于种族平等的作用。美国黑人作家托妮·莫里森说:图书馆是民主的支柱。在《书缘》中,观众颇为惊讶地看到,图书馆在民主领域竟然有那么多有所建树的可能性。

影片中,参与场馆设计竞标的荷兰女建筑师法兰馨·侯班(Francine Houben)说了一句令人印象深刻的话:"图书馆和书没有关系,而是和求知的人有关。"在数字化背景下,图书馆的优势已经不是文献的存储,而是"人与人的联结"。它的"启发性"可以不仅在于翻阅到某一书页时所看到的一个句子,更多的可能性,在于通过丰富多元的活动所提供的真实交流,和激发出的思想火花;它不仅可以帮助读者检索和阅读图书,更多的可能性在于帮助市民"使用"知识,通过提供越来越多的教育和社区服务,变被动为主动,让更多的人真正受益于知识。

如此一来,我们是否还需要图书馆?除了图书馆,还有什么知识传播组织,有这么广泛的社会影响力和真实嵌入社区的能力?人类因为求知而变得独特,因为交流而互相理解与尊重,图书馆是让这一切发生的最理想的场所。

依旧脆弱的图书馆

"我的秘书乌姆·海森，她有点害怕，因为两枚炸弹就降落在她的车前七十米处。就跟其他人一样，她谈个两分钟后又回到日常的工作岗位上。五十分钟后又一声巨响，双方持续交火一个半小时。"如果不是 2006 年 11 月至 2007 年 7 月，在大英图书馆网站上出现的一系列日记，和平地区的人们可能无法想象，21 世纪之初，世界上竟然还有一群人必须以生命为代价才能保全一座图书馆。

日记的作者叫作萨德·伊斯康德。2003 年，伊拉克萨达姆政权垮台后，他毅然返回巴格达协助抢救国家的文化财产，担任"伊拉克国家图书暨档案馆"馆长。"第二次海湾战争"中多国部队的入侵、以及 ISIS 强硬的意识形态，使伊拉克国家图书馆多次遭受洗劫和破坏，95% 的罕本藏书、60% 的档案、25% 的手稿损毁。2006 年年底，在萨德和全体馆员的努力下，经过 4 年的重新修整，图书馆终于重新开放。萨德的日记牵动了全球读者的心，并在多个国家出版发行。

世界一头的纽约公共图书馆，因其对"公共性"的深入探索，正在变得越来越强大和不可或缺；而同一个世界的另一头，《华氏451》的情况依然还在上演。无论人类已经发展出多么发达的科技，战争、恐怖主义、独裁等人为的因素，依然威胁着图书馆。难道需要把图书馆里所有书的内容通过无线电波传递到宇宙中，让可能存在的更发达、更崇尚和平的外星文明来帮助我们解决这个存储问题吗？如同其他关心人类未来的文学作品一样，《华氏451》的存在始终提醒着我们：哪怕付出了一切代价，文明依然易碎如玻璃。

城市生活

17

谁的京都

在以"双生"为主题的作品中，川端康成的小说《古都》尤为令人印象深刻。它糅合了东方文化的内敛性与日本文化的秩序感。《古都》于 1962 年发表，故事始于春天花开，终于冬晨一场细雪，将女主人公千重子与其孪生姐妹苗子相逢的故事编织在京都四季的美景中。

对比如今的京都，心中不禁生出这样的问题：京都到底是谁的呢？

游客的京都

20 世纪 60 年代，即便外国游客尚未接踵而至，京都也已然是一座远近闻名的旅游城市了。川端康成由浅及深地铺陈这座城市的日常生活，一开始描写读者较为熟悉的平安神宫之樱花、清水寺之舞台，然后慢慢进入关于西阵织、北山衫、祇园祭等与京都日常密切关联的部分。

"游客"出现在前几章中，如千重子在平安神宫神苑，看到游客坐在池边的折凳上"品赏谈茶","外国游客把樱树摄入了镜头",又写她为避开"岚山游客正多",而"喜欢野野宫、二尊院的路,还有仇野"。彼时,城市旅游尚未火爆。城市只是日常生活中穿插着一些游客。据日本国家观光局统计,2018 年,日本入境游客数量是 1964 年的 88.4 倍;而人口不到 150 万的京都,共有 571 万人次的外国游客(本国游客更多)抵达。如今,旅游旺季的京都,已是在游客中穿插了一些日常生活。

唯独在京都,作为游客会感到需要小心翼翼。这座城市的古意太浓,这种古意究其根源来自中国;然而在中国任何一座城市,都不可能再见到如此密集的"唐风"。"唐风"固然还在(虽为应仁之乱后的复建),但与半个世纪前的"古都"已大不相同。所以带着羡慕和惋叹的情绪,总觉得自己"侵入"了京都人的生活,和其他游客共谋了一场名为"渐渐消逝的京都"的舞台剧。

再也不可能出现《古都》中"参观清水寺舞台的人,只剩下寥寥三四个女学生"的情形了。单单沿着松原通往山上走几步,前方的人头攒动就让人望而却步,更何况身边还穿梭着众多租赁来的花哨和服;21 世纪的"千重子"也不会再"到锦市场去看看有什么菜,好准备晚饭",那里终日人流如织,恐怕她连一只脚都踏不进去了。

游客不断增加,旅游的"侵入"程度也日益加深。任何一家书店的"旅行"架上,关于京都的书都不仅数量多,而且内容深入。如舒国治富有诗意的《门外汉的京都》,李清志另类小众的《美感京都》等。

游客侵入了京都，也侵入了其他游客。寺庙庭园用长长的麻绳围起了固定的游览路线，不允许偏离轨道。当然，这也可理解为日式"秩序"的体现，但游兴自然受到一定影响。在龙安寺，尚可排排座、肩并肩地同陌生人一起，将眼前的石庭一览无余。去天龙寺就没那么好运了，寺庙舍不得放弃主殿与曹源池间的小径作为另一条收费游览路线；坐在主殿屋檐下看庭园，眼前小径上走走停停的其他游客令人感到大煞风景。

在嘈杂的人群中寻觅京都往昔，恐怕要参考舒国治先生的玩法。舒先生早年学习电影，对京都的"场景感"尤其敏感。他在 2006 年出版的《门外汉的京都》中谈到，"十多年前，我第一次来到京都，吓着了，我张口咋舌，觉得凡入目皆像是看电影"，所以他在京都从不拘泥于非要看什么，而是随性走走歇歇，只为感受京都这部"古代"电影的每一帧恍惚即逝的片段。难怪索菲亚·科波拉的电影明明叫《迷失东京》，却在影片的后半段没来由地让斯嘉丽·约翰逊坐着东海道新干线去了趟京都，往南禅寺和平安神宫走了一遭——可能在导演眼里，东京的"场景感"对整部影片丰满度的贡献还不够。

日本人的京都

京都之于日本，不仅是古都，而且是故都。这座城市的首都情结很是深重。京都可能是世界上唯一名字中的两个字——"京"和"都"——都意指"首都"的城市。更耐人寻味的是，京都原本只叫"京"，在明治维新迁都东京（江户）后，"京都"的名字才被巩固了下来，可见京都人对失去首都地位是如此耿耿于怀。其实他们也有自己的理由。最有历史依据的一点是：天皇从未下过所谓"迁都诏书"。故而，一部分京都人认为，名义上此地仍是日本的首都，天皇家族只是出访了东京———一百多年———罢了。在明仁天皇即将禅位之际[1]，京都人不知会不会又开始幻想"天皇还都"了呢？

同许多大都市一样，京都人觉得其他人都是"乡下人"。京都中心主义思想是"溯古"式的，曾经作为政治中心的辉煌依然萦绕在心。更极致的是，就连"京都人"这个称呼也不能随便落到所有京都府人甚至京都市人头上。京都大学国际日本文化研究中心井上章一教授，在其所著的《讨厌京都》一书中"愤愤地"谈到，居住在"洛中"（平安京时期仿唐两都制，将都城沿中轴线分为右京长安与左京洛阳；右京地处沼泽低洼地带，不久便荒废了，而左京日益繁荣，日本人渐渐便常称京都为"洛"），即京都市区的京都人，不认为京都其他地方的人是"京都人"。井上教授一次去看职业摔跤，来自宇治（京都近郊）的YASSHI赛前拿着麦克风对场内的观众说："身为京都人的自己终于衣锦还乡了。"观众席传来阵阵嘘声，还有人喝倒彩："你才不是京都人，分明就是个宇治人！"———也真够刻薄的。井上教授出生在嵯峨，现居宇治，此二处皆属"洛外"（大体指京都市郊），所以亦饱受被"洛中"人士鄙视之苦，只愿自称为"京都府人"。

尽管外地人认为京都人高傲虚伪，这座洗尽铅华的古都，依然

---

1 明仁天皇已于 2019 年 4 月 30 日退位。编注。

是日本人唯一的精神故乡。作为一个局外人，亦能在各种文学艺术作品中看出，京都至少有两样东西是无可替代的：樱花和庭园。谷崎润一郎讲述大阪名门望族四姐妹故事的风俗小说《细雪》中，二姐幸子一到春天就会怂恿丈夫、女儿和两个妹妹去京都赏樱。尽管她居住的芦屋及附近也有樱花，但对幸子来说，"鲷鱼如果不是明石出产的，就不好吃；樱花如果不是京都的，看了也和没看一样"。为什么一定要去京都看樱花呢？在哪儿看不还是那几个品种？殊不知对日本人来说，赏樱不只是赏花，更是一种以"短暂而绚烂"为内核的情感寄托。樱花是日本人的性格，京都是日本人的精神家园，此二者最为搭配。幸子和千重子一样，对平安神宫的樱花颇为青睐，幸子认为"神苑的樱花是洛中最美的樱花"，而千重子则感叹除了神苑的红色垂樱，"再没有什么可以代表京都之春的了"。可见，日本人关于京都何处可赏樱也是有默契的。

日本人最引以为傲的京都物事恐怕要数京都的庭园，这里保有的庭园数量之多及完好程度令人瞠目。电影史上关于京都庭园最经典的镜头，出自小津安二郎《晚春》中龙安寺石庭的一场戏。女儿纪子出嫁前，同父亲至京都一游，这场戏是父亲周吉和好友小野寺在龙安寺的一段对话，大致是感叹生女儿"没嫁的时候担心嫁不出去……一旦要出嫁了，又觉得不是滋味……"。镜头在两人的对话和石庭景象之间切换，巧妙地映射出父亲即将面对的女儿出嫁后的寂寞。京都庭园众多，不论池泉还是枯山水，都有不少经典，而在意境上唯龙安寺石庭最为空寂。小津选择在这里拍摄《晚春》女儿出嫁前父亲心情的一场戏，实在很妙。

普通民居的庭园虽无名家手笔雕琢，却更贴近生活。小津另一部影片《宗方姐妹》中，有一场戏是父亲和小女儿满里子在住所（日式传统住宅）的檐下聊天。两人正对着园子坐着，聊着聊着忽然来了一只黄莺，父女二人禁不住相继模仿起黄莺的叫声，阳光在墙上映出屋檐，更远处树叶的影子在园墙上美如画。镜头中虽然未出现庭园全景，意境已然蔓延至景框之外。日本人常自诩"上帝创造了自然之美，日本人却创造了庭园之美"，而日本最美的庭园在京都。

京都人的京都

不论是怎样的"深度游"，游客的京都还是片段性的，难窥全豹，而京都人的京都是一场一年四季不间断的"大戏"。读《古都》，无法不生出这样的感叹：京都人不是在过节，就是在准备过节！说到这一点，我想起王元化先生在《京剧札记》中写到京剧的虚拟性、程式化、写意型三大基本特征，其中的"程式化"特别适合类比京都的日常生活。京剧的程式化并非死板，而是对节奏和秩序的一种高度追求，在"刻意"中生出特殊的美感，这和京都人四季生活有很相似的地方。

林文月女士在 20 世纪 60 年代赴京都大学研读比较文学。因其文笔优美又勤写，读者有幸读到她在居留期间写下的《京都一年》，书中对京都四季重要的"活动"——颜见世、都舞、祇园祭——进行了详细描写。京都四条大桥边上，有一座云巫女阿国的雕像，相传其为歌舞伎创始人。雕像斜对面就是日本著名的歌舞伎剧场：南座。对传统的京都人来说，没有观赏岁末南座全国名角荟萃的"颜见世"（原指年终歌舞伎班主与演员重新订立合同后，新班底的介绍性演出，后泛指名角露脸），就不算过了一年。

外国游客在京都看"颜见世"比在北京看"京剧"障碍更多，语言障碍是类似的——古语加上很多特殊用法，更大的障碍来自两处：一是不像京剧的唱念做打，歌舞伎表演以"说"为主，所以抱着看热闹的心态去看，肯定是一头雾水；二是高端的服装要求，吃倒在大阪，穿倒在京都，京都妇女们为了这年度盛事，会一掷千金华丽登场，穿得不得体是绝对不好意思出现的。为了不失礼，林文月"忍着酷寒，一大早就脱下近日来每天穿的厚毛衣，换上从台湾带来的唯一的正式礼服——一件无袖黑旗袍，外罩有纱袖的黑色绣金短外衣"。无袖，纱袖！这听起来就让人冷意飕飕。同"颜见世"相比，春天的"都舞"和夏天的"祇园祭"门槛要稍稍低一点，"都舞"好歹视觉观赏性强一些，而"祇园祭"哪怕只为凑个热闹也可以参与其中。

《京都一年》中提到但没有单篇描写的秋之"时代祭"可以回到《古都》中寻觅其踪。和葵祭、祇园祭并称为京都三大祭的时代祭，是为庆祝京都建都而设立的节日，看重"首都"地位的京都人怎能不重视此祭。在《古都》中，川端康成将时代祭作为千重子孪生妹妹苗子与西阵织织手艺人秀男的恋爱背景，原本爱慕千重子的秀男将苗子误认为千重子，从而移情于她。时代祭的仪仗队表现古都千年来的风俗，展示各朝各代的服饰和人物。秀男邀请苗子到京都御所的广场观礼，他看看御所翠绿的松树，又悄悄看看身边的苗子——京都人四季"刻意"的节庆活动，为市民的情感生活搭建了各种美妙的背景，至少《古都》中是这样，一幕幕情景交融的描写，制造出了别样的故事张力。

京都人的生活还有一种城市中的"野趣感"。京都不是一座很大的城市，交通亦特别便利，随便搭上一趟巴士、电铁等公共交通工具，半小时左右就可以到达比叡山、嵯峨、宇治等郊外。京都市区也不像东京、大阪都市感那么强，对"野趣"贡献最大的要数鸭川。走在纵穿市中心的鸭川边上，有意无意保留的朴实无华，让人感到置身郊野。都说京都的生活成本很高，沿着鸭川往比叡山方向走去，饿了在便利店——运气好的话碰上店主自家开的小店——买个饭团便当什么的，往鸭川岸边坐一坐，边看风景边小食一餐，又便宜又惬意。

有贵的也有便宜的很是重要，这让各阶层人士都有选择的余地。对游客也是一样。想破费的可以享用高级的京料理，想节俭的在鸭川边上吃个饭团也别有风味，关键是在鸭川！试想如果是在上海外滩吃粢饭糕，或者在香港维多利亚湾吃鱼蛋，场景会不会很违和？"野趣感"可以让人放低姿态且怡然，这才是难能可贵的地方。

谁的京都？

去年岁末到京都，有一天日落从南禅寺出来，沿着仁王门往平安神宫前的茑屋书店去，腹中空空，于是在神宫道一家 7-ELEVEN 买了便当坐在门口吃。一位日本老先生走过来，用英语问我和同伴以及斜对面的一位金发女孩从哪里来。说着说着，发现大家的行踪有交集。金发女孩是乌克兰人，在迪拜工作，我和同伴恰巧一起去过迪拜；老先生来自名古屋，但早年在上海待过一段时间；而对京都的向往，又把我们同时带到了这里。

金发女孩刚从茑屋书店出来，要往我们来的南禅寺方向去看夜间枫叶灯光秀（京都寺院真的很会经营，白天晚上不闲着）。她好心地给我们指茑屋书店的方向，老先生则努力地让三方对话不冷场，客气地一直在串场。这家 7-ELEVEN 门口空间较大，聚集了很多人坐在那里吃便当。过了一会儿，老先生又问旁边的一个日本女孩从哪儿来。她是京都本地人，客气地搭着话。鉴于书中常看到的京都人的"傲慢"，我暗自揣测，这位小姐是怎么看外地人和外国人的呢？这个问题恐怕三言两语回答不了。再说日本人客客气气的礼仪，也让人很难深入其内心。

京都的景点多而分散，且常与民居交织，所以走到哪里都能看到游客。在这样的情况下，却依然感受到游客、京都人之间的界限分明。哪怕是在 7-ELEVEN 门口物理半径极小范围内的交谈，京都人和游客之间的距离感还是那么明显，彬彬有礼是真的，热情好客恐怕很难用来形容京都人。个人觉得这样还不错，毕竟在发展旅游和保持城市传统之间取得平衡，需要恪守一定底线，甚至不能忘记：游客本质上具有很强的破坏性，他们是来购买瞬时体验的，不会真的关心别人城市的未来。京都首先是京都人的，正如任何一座城市首先属于它的市民，其他短暂的拥有者都是过客，莫反客为主，方能保存城市性格之始终。

18

成为城市"生活者"

"充实易而从容难"，城市生活让人常感到疲惫，不由自主地受到密度和速度的牵扯，无法完全依照自己的节奏去展开日常。韩良露女士的《台北说城人》读起来竟让我有些不忍释卷，昨晚翻到午夜，今晨醒来又忙不迭续读完毕。这本书的字里行间，有一种作为城市"生活者"从容而热情洋溢的生活状态，是这种状态吸引了我。

生存或生活，的确是个问题

"我们也可以把莎士比亚的'to be or not to be, that's a question'改成'to survive or to live, that's a question'。生存或生活，那是个问题，我们活着，究竟要做生存者，还是生活者？真是该好好思索的问题。"

——摘自《台北说城人》

张艾嘉同林奕华合作过一出话剧，名为《华丽上班族生活与生存》，说职场权力与爱情的角斗，说从小助理到CEO的挣扎与恐惧，说努力往上爬与理想的幻灭。大约同一时期的大陆畅销小说、影视剧《杜拉拉升职记》，却是完全相反的职场励志主题。两地所处的不同经济发展阶段，在上述大众文化作品中可见一斑。

韩良露在本书中谈起食味、淘书时，随性而感性，而谈起人生大事却又相当犀利与通透。如在"生存或生活，那是个问题"这一主题之下，她从马斯洛需求层次理论开始说起，以战国时期野人献曝、古希腊第欧根尼请亚历山大王勿挡其阳光的两则典故，引出"简单生活"之道理，将"生存者"和"生活者"的区别剖析得着实精彩。

每个人在解决了基本温饱需求后，就开始面对要成为"生存者"还是"生活者"的两种不同选择。两者的区别，是宁滥勿缺与适可而止，是欲壑难填与淡泊宁静。在对待一件事情的态度上，物质选择与精神选择通常是交织在一起的。韩良露以饮食为例，谈到"生存者要吃到饱，钱不够的人要吃自助餐，吃愈多愈划算，口袋满满的人，要吃不易吃到的鱼翅燕窝黑白松露五大酒庄名酒，等等。然而生活者却爱吃家庭手艺细作的慢食，欣赏四时节令，爱惜风土所生产的食物"。

生存者对野人献曝最常提出的质疑是，如若大家都成了献曝的野人，谁来事生产、创效益？然而物质生活的丰盛真的能够让人了解幸福为何物吗？所谓生产，所谓发展的目标不就是为了让人终于能心安理得地晒晒太阳吗？窃以为，倘若世上的每一个人都能以真、以善、以美来做自己，把自己的那一份生活过好，而不以各种本质上出于私欲的心理，对他人的生活越俎代庖，世界一定是一个美好的所在。

来到城市层面，一座宜居的城市，当是有能力为"生活者"提供基本保障的城市；它允许并创造条件，让每一个人可以选择过自己想要的生活。城市的多元文化根植于人性的多样性，根植于不同族群和个体独特的世界观和价值观。若总是以"此消彼长"而非"和谐共存"的思维方式去看待不同的人和不同的群体，那整座城市就自然脱离不了功利的轨道，无法成为一座市民真正热爱并愿意为之付出心力的城市。

用味蕾去品尝城市

"当我想知道别人在过什么样的生活时，问他们吃什么早餐，最能描绘出他们生活的光景。在一日三餐中，中餐、晚餐是必需，那些肯在早餐花时间、变花样、寻找清晨风光的人，大都是还能小隐于台北仍不失闲情的生活者。"

——摘自《台北说城人》

我们到底是怎样去认识一座城市的？回想我自己的经历，可能更多地是从"吃"这件事情开始。母亲是内蒙古人，我在念小学低年级时，姥爷家搬到了包头市区，于是我第一次去那里。那时候，整座城市还没有现在这么好的绿化环境，看上去光秃秃的，还有许多地方被季节性大风刮来的沙尘覆盖。不知道是不是因为风沙的缘故，我对包头的感觉就是朦朦胧胧、迷迷糊糊的。直到有一天晚上，我的一位姨父骑自行车带着我和表哥，在经过一个卖羊杂汤的摊档时停了下来。那时，我还不知道羊杂汤是一种什么样的食物，坐在那里被奉上一碗冒着热气的汤，姨父挖了半小勺辣油到我碗里，我端起来喝了一口，顿时觉得五脏庙被那股浓烈又刺激的羊味搅了个天翻地覆。羊杂汤、羊肉烧麦、豆角焖面、莜面等当地美食，让我渐渐熟悉了包头，熟悉了这座城市热情到甚至有些激烈的性格特征。

台湾擅长将美食变为美文的作家真是不少，有究历史、重典故的朱振藩，有因写了诗集《完全壮阳食谱》——被误以为是美食图书——而欣然变为美食家的焦桐，有将台北小吃写出真正生活者意趣的舒国治。别人写吃让你想吃，韩良露写吃让你想去台北。

她写台北的传统早餐，"可以在杭州南路吃到烧饼夹油条配甜豆浆或咸豆浆，可以在复兴南路吃清粥小菜，到了大稻埕永乐市场前吃旗鱼米粉配炸豆腐也不错，要不然到艋舺的周记吃台式肉粥配炸红烧肉，小南门也有福州傻瓜干面配福州丸汤等着客人，到了双连可以吃花枝羹配炒米粉，东门市场有好几摊出名的米粉汤配油豆腐、大肠头、肝连肉、嘴边肉、猪心、猪肺等黑白切，永康街还有小笼包，更别说满街咖啡店中各种日式、西式的早餐"。写的不是食物本身，而是食物赋予一座城市、一个地方的吸引力。

想想在上海吃个油条都有点困难的情况下，台北却依然拥有如此丰富的传统早餐选择，实在令人欣羡。这些听上去古早味十足的食物和地点，让人想要去拥有这些味道的街区和食肆云游行走、一探究竟。

用脚步去丈量城市

"从生活者的观点来看，一座城市如果不适合漫步，恐怕很难生活得舒适自在。台北刚好是座不大不小的城，有许多大路小弄、弯街斜巷适合安步当车、徜徉其间，每一个街区都有独特的生活风情……"

——摘自《台北说城人》

意大利物理学家马尔凯蒂（Cesare Marchett）1994年在一篇论文中提出了一个常数（Marchetti's constant，又称马切提恒值）：一个人每天的平均往返通勤时间大约为一小时，从古到今，不论城市规划和交通形式发生什么样的变化，人们都会根据自己的条件（位置、交通工具等）来调整生活，从而保持上述平均通勤时间。在常数基本不变的情况下，城市的规模随着公共交通工具的变革——提高速度、降低成本——而不断扩大。

当已经习惯从一处地铁口隐入地下，经过一段时间，再从另一个地铁口冒出来到另一个地方，我们可能已经忘了，在人类发展史的大部分时间里，城市都是以步行为尺度的。交通工具之于城市的最大影响之一，是削弱了城市的空间性，增强了城市的时间性。对于大部分人而言，城市在多数情况下，只是他们从住所到达办公地点所经过的一段时间；城市的物理空间只有在闲暇时才有机会去体验，而且，由于这些值得体验的空间变得越来越少，通常还需要花额外的时间到达那里。在一线城市，只有市中心极少范围内的城市空间，由于历史保护和拆迁成本高的原因，保留了一些可体验的部分，大部分的空间都变得千篇一律，单调、无个性、没有温度。

韩良露笔下的台北，有很多和上海一样的大尺度建筑、街区，但是只要愿意再往深处走一走，生活气息浓重的小街小巷立刻就会出现在眼前，而且分布范围非常广，不似上海，只集中在某些中心城区。难怪她每次招待外来旅人朋友的法宝，就是带其"随便走走"，便可以将台北的独特魅力展现出来。台北的城市肌理中保留了许多步行尺度的空间，一方面，这是城市"原始性"的体现，另一方面，也是城市的"人情味"。

站在地铁里、坐在汽车上，通常无法身临其境地去感受城市的空间魅力，必须要用双脚。一千个读者眼里有一千个哈姆雷特，一千个市民眼里有一千座城市。一个人感知城市的广度和深度，与其在多大程度上愿意用双脚去丈量有关。城市在人们的味蕾之上，亦在人们的双脚之下，食与行是"生活者"的必修课。

用行动去改变城市

"今年南村落参与了台北市文化局的公共灯节活动，但强调的是社区的花灯漫步生活节。南村落在永康街、青田街、龙泉街一带的康青龙生活街区，找了近百家的店家，由店家自制花灯悬挂在店家门外、门内，让市民可以看到小型的手制灯笼在街巷中闪动，点亮了夜间，也温暖了路人。"

——摘自《台北说城人》

有一件事很容易被忽略，即在生活者的养成过程中，人非常容易成为机会主义者，因为表面上看，生活是个人的事，可以包含在道德上无可指摘的独善其身的行为模式之中。美国经济学家曼瑟尔·奥尔森（Mancur Olson）1965年在《集体行动的逻辑》一书中提出了"搭便车"（free rider problem）效应。他指出，由于团队成员的个人贡献与所得报酬没有明确的对应关系，每个成员都有减少自己的成本支出而坐享他人劳动成果的机会主义倾向。人类历史的发展过程中，一直在不断地制订各种规则，以尽可能消除"搭便车"效应的不良后果。

而这本书最打动我的地方，不是韩良露对台北那种如数家珍般的热爱，而是她把热爱化作了行动，身体力行地让这座城市变得更适合生活。刘克襄在这本书"推荐序"中写道："二十来岁时狂野，谁在乎这个城市长成什么样子，我们较在乎的是自己的养成。但年过半百，生活历练多了，好像脑筋的转折和生活的眼界，多了许多年轻时难以目及的事物。"也许是因为同样的原因，韩良露在年近半百的时候创办了"南村落"，一个深度挖掘城市地域文化的活动平台。

行动者是最清醒的，因为他们知道城市"生活"的维系不在于一个人独善其身的欲求，而在于市民心中对城市变得更好或更坏的牵念。这种牵念需要被激发、被组织，从而形成一股来自市民的力量去与城市公权力形成制衡，在发展的同时，保护城市历史与文化尽可能地不受到短视和经济绩效的破坏。

习惯于"搭便车"的人，不太会意识到，一片熟悉的老街区之所以还没有被开发商的推土机夷为平地，可能是因为老宅保护者持续不断的抵制；一排行道树之所以没有因道路建设而被移走，可能是因为环保人士有策略的努力。并非所有老宅都不该拆，并非所有行道树都不该移走，但是所有的意见都该有机会被聆听和考虑，以免公权力轻易地垄断我们的生活。用实际行动去改变城市，关乎生活者作为一个群体的可持续性，最终也会落实到每一个个体的选择机会和生活质量。

《台北说城人》不仅仅是一本关于如何成为城市生活者的散文集，还是一部生活者的行动指南。生活者不只是个人的事，它是市民的集体意识，关乎城市的未来，以及每一个人的未来。

19　　　　　　　　　　　　另一种"跨越边界"的可能性

　　《跨越边界的社区：北京"浙江村"的生活史》（以下简称《跨越边界的社区》）在网络上以"别人家的毕业论文"著称，是牛津大学社会人类学教授项飙，在北京大学本科和硕士研究生期间完成的论文。因为一档名为《十三邀》的访谈节目，20 年前出版的这本书再一次进入了公众的视野。边界感越来越强烈、跨越难度越来越高，这可能是近年来比较普遍的大众心理状态。这本书所描述的 20 世纪八九十年代北京"浙江村"的那一段生活史，现今看起来依然有着非同一般的冲击力。

穿墙透壁的细节

　　翻开书页，"修订版序"的第一段话就把我吸引住了："我这次修改用的是 2001 年那满页是羞愤的删除号的手改稿。但这次的一个主要工作却是把那些粗重叉叉下的细节抢救回来。"每天接触的信息量越来越大，信息获取的渠道也越来越多，但世界却变得越来越真假难辨了。长期浸淫在新闻媒体宏大的叙事氛围中，作为读者，我对细节非常感兴趣，甚至有点渴求。我相信，真实的探究与细节的披露有着密不可分的关联，文字作为媒介是读者与真实之间的一堵墙，而细节可以有穿墙透壁之力。

人类学、社会学等人文学科的著作，基于田野调查这项工具，常常是有细节的，但是本书的细节之细还是令人瞠目。当下流行一种叫作"居游"的旅行方式，通过在目的地社区较长时间的居住和生活，浸入式地体验风俗民情。本书作者的调研方式可以称为"居研"，他在大学本科期间就"进驻"北京"浙江村"进行田野调查，将这项工作一直持续到硕士毕业。《跨越边界的社区》中的细节不是一般的细节，它覆盖"浙江村人"生产、生活和对外关系的方方面面。连续跟踪 6 年时间所得到的细节，无限趋近真实地还原了那个年代北京"浙江村"的生活，阅读过程中，真实感扑面而来。

相对于常见的"访谈式"田野调查，"浸入式生活"为作者提供了他人难以取得的一手信息。看这一例："盛存口衔铁管，对着那团黑液吸。黑液顺着气流在锡箔上滚动。我眼前的盛存是满脸的痛苦，眉头紧皱、两眼无神、肌肉紧张。"这不是电影剧本，而是"浙江村""帮派"青年的夜生活。作者如同一位纪录片导演兼摄影师，手持摄像机近距离地拍摄下各种大小人物之特写，这种阅读体验在同类著作中很难找到。

从"周家一日"的生产生活，到"浙江村人"拉着 4 辆的装满皮夹克的东风大卡车去做边贸生意，再到大院老板在碰头会上应对"大清理"的各种发言和思路，读者好像也在"浙江村"待了一阵。这些细节所呈现出的"浙江村人"的灵活和坚韧让人惊叹，我相信是这种灵活和坚韧的性格特征，衍生出了伸缩性极强的"社区"。这些细节的穿透力在于它丰富而连贯地为读者展示了一个整体性的图景，因此，作者的分析和结论才那么具有可信度和说服力。

颠覆想象的城中村

在阅读《跨越边界的社区》之前，我印象中的城中村有几个特点：其一，是纯生活空间，含有少量配套商业，原先的居民基于对城市扩张过程中未动拆迁土地和房屋的权利，自住或将房屋出租给非本地籍打工者；其二，是相对封闭的城市空间，与城市其他部分的关联性不大，更没有产业性的人、物交换；其三，外来人口一般将城中村作为融入城市的临时落脚点和跳板，不为长住而为早日离开。

将"浙江村"归入"城中村"这个范畴，是因为"浙江村"满足了我对"城中村"基本特性的理解："城中村"是介于"城"和"村"之间的一种特殊城市空间，它既有"生人城市"的特征，也具有"熟人村落"的特征，这两种特征在不同主体之间有不同的强弱表现。例如，房屋租赁关系是完全市场化的供需关系，而社区管理上又带有从村落延续而来的自治风格。然而，《跨越边界的社区》还是全面颠覆了我对"城中村"的认知。

首先，"浙江村"远不止一个生活空间，而是以服装产业为核心，集生活、生产、消费于一体的功能混合的空间。跟想象中外来人口迁徙到城中村的情况不同——因城中村的租金低、位置好，外来人口一般会以此作为刚到大城市的第一个居住点，最早来到"浙江村"的人并不是来打工的，而是看准了北京服装市场的大好前景来做生意的。根据作者的考证，"浙江村"之前，喜欢往外跑的浙江人最早流动到全国各地并不是去做衣服，而是以师傅带徒弟的形式外出做木工和弹棉花等，或以"修建社"的名义结对外出做工（木工、瓦工等），到了改革开放初期，才出现了以从事服装生意为主的"供销大军"。

最早定居"浙江村"的人会以服装生产、销售为主业，原因之一是市场，早期来到北京的浙江人发现与服装相关的生意非常好做，市场潜力很大。原因之二是技术基础，温州当时已经形成了"做衣服"这个小产业，不过一般是经由当地的市集或者通过"供销员"把产品卖出去。原因之三，是"做衣服"特殊的行业特点，家庭作坊式的生产方式使得一个狭小的空间可以同时承担生活、生产的双重角色，从而使成本降到最低。该书第三章"周家一日"描述了一个服装加工作坊的空间分布：服装生产工作室大约 15 平方米，工人的起居和工作都在这里发生；房间的四分之一被一张大剪裁铺占据，女工睡在铺下，男工在门边地上搭铺；剩下的空间，四台缝纫机占了一半多，一个老式柜子上搭了一张板用来熨衣服，门边小桌用来给衣服打扣眼，有几张凳子，再加上摞在地上的布料，基本没有人自由活动的空间。有市场、有技术、有极端的成本控制，服装业就成了"浙江村"的主营业务。在服装交易市场逐渐建成后，"浙江村"慢慢成为以服装产业为核心的集生活、生产、消费为一体的多功能城市空间。

其次，"浙江村"是一个开放度极高的城市空间。在物理空间上，"浙江村"的范围是随着浙江人在北京发展的不同阶段而不断发生着变化的。实际上并没有一个叫作"浙江村"的行政村，有的只是一群从事服装产业的浙江人，在北京市丰台区大红门地区不断"落脚、扩张、收缩、迁移"，形成动态的聚居区。虽然被称为"浙江村"，但它跟有明确物理边界的通常意义上的城中村是完全不同的概念。

更为特殊的是，"浙江村"的经济辐射范围远远超过了它的物理范围，依托于固定的服装市场和流动的生意人，"浙江村"的产品面向的是全国甚至国外的客户。正如作者所言，"'浙江村'真正的生活体系是一个全国性的'流动经营网络'。我们所看到的社区，乃是巨大冰山露出海面的一角而已。离开了社区背后的开放的体系，社区中的聚合行为将无法被理解。其聚合乃是为开放服务的。这和其他移民聚居区，及我们过去对移民聚居区的想象是很不一样的"。

再次，"浙江村人"与一般城中村的外来人口拥有完全不一样的心态。"浙江村"在空间功能上的跨越、经济地域范围上的跨越，在我看来都不如村民心态上的跨越那么了不起。当外来人口在大城市取得了一定的经济和社会地位，他们通常会倾向于通过取得该城市的户口来转换自己的身份，成为新城市人的一员。而"浙江村人"并没有那么强烈的身份转换需求，甚至不认为没有当地户口是一个需要焦虑的问题。最重要的原因是，他们在城市中是聚集度高且自成一体的有经济地位的群体，自我定位不需要在与所谓北京人的交互关系中实现。经由服装生意，他们交互往来的可以是世界各地的人。"浙江村人"在"浙江村"这个经济体系中活出了世界公民的心态，这一点是非常具有跨越性的。

全社区整体发展的可能性

《跨越边界的社区》出版 20 年，一直都是一本受到关注的人类学著作，近年的再版说明它拥有的读者群是很广泛的。吸引人的最大原因，恐怕是因为读者在该书中看到了所谓的"另一种可能性"，即修订版序言中写到的："我希望通过充分的细节来说服读者：自下而上的社会变化是可能的，由此形成的社会自主性是应该被允许甚至得到鼓励的。"

2000 年以前的"浙江村"呈现出全社区整体发展的状态，它的发展依靠的是浙江人的关系网络，通过先来者带后来者，实现人口的快速增长和经济规模的快速扩大。这种发展模式同时具有"市场"和"反市场"的特征，对外是市场的，对内是反市场的。广大工商户平等地参与产业的生产、销售环节，产业规模的扩大不是依靠"垂直型"的企业化运作模式，而是依靠"平铺式"的关系网络的扩张来实现，这不仅使得"浙江村"的产品走向了全国各地甚至海外市场，也使得"浙江村人"和"浙江村"的各种经济组织关系遍布全国、扩展到世界各地。个体在这个经济网络中的主体性很强，基本上不存在以资本的高度集中为基础的"剥削—被剥削"的生产关系。作者指出："这样的平铺式发展，可以看作 20 世纪 80 年代中国农村改革逻辑（包括乡镇企业的发展）的一个延伸。它具有很强的社会吸纳能力，为基层人群提供了发展机会。这一平等普惠主义的改革红利对当前中国还有重要影响：正是因为基层人群积累了基本的生活资源，几次经济震荡没有转化为大规模的社会危机。"

正如作者为"修订版序"起的篇名"让他们看到饱满的自己"，读者在本书中读到的是"浙江村人"非常饱满的生命状态，每个个体都是如此地鲜活，如此地有生命力。他们并不是"浙江村"的零部件，"浙江村"也不是一台大机器，而是由这些有血有肉的人物共建的、可以赋予他们生存基础和自我认同感的一个真正的社区。

在我之前的概念中，中国的"城"与"乡"是基本割裂的。这种割裂的状态主要表现为农村人口一旦到城市就业，村落的"人情"等自治体系就会完败于城市的正规化游戏规则。"浙江村"让人看到，"城"与"乡"并非必定要割裂与对立，村落的社会关系模式并不一定是落后的，在市场经济体系下，它依然有机会扮演重要角色，并帮助整个社群在经济上取得成功。这种成功是每个个体的成功，并不是某一个大企业或者某一个大品牌的成功，某种意义上，这是"城"与"乡"结合的成功。

2000 年后的"浙江村"从平铺转向垂直，不断资产化、正规化的同时，原本属于"乡"的那一部分特色与价值，渐渐被"城"吞没了。整体发展的可能性在当时并没有发生，但它提供的参考价值并非一片浮云。

20 通往远方的最后一张免费车票

　　那是 2016 年的夏末，我和友人从贵州榕江县城出发，坐车去山里的侗寨。山路上，遇到了一队正在路边搭建新屋的乡民。贵州的木房子建造起来很有意思，柱和柱之间以木串接，形成纵向的剖面（排扇），然后集众人之力把一片一片剖面竖起来（起扇），搭建房屋的基本架构。吸引到我的不仅是这种建造感强烈的造屋方式，还有现场热闹非凡的仪式——起扇时要庆祝，所以一头在热火朝天地搭建，另一头是煎炸烹炒、炊烟袅袅。

　　路过的我们被热情地邀请参加。席间方知，这个村子的成年男丁日常都在外省打工，他们背井离乡忙忙碌碌许多年，就是为了回乡给家里盖上这么一座新房子。继续上路后，又经过另一个寨子，高高的木屋里探出脑袋的几乎全是女子和孩童。这是因城乡经济差距而发生的"离乡"和"回乡"故事。

　　如果是因城乡的文化差异而发生的故事呢？对于和《回家乡建一座图书馆》的作者有类似经历的小镇青年来说，读书、考学、走出去，离开传统、守旧、封闭的故土，仿佛是前半生的必经之路。家乡通常并不贫穷，就像书中的浙江三门，是一个交通挺方便，经济条件不差，有山有水，舒适安逸的小城。当游子在外立稳了脚跟，回到家乡，家乡通常也并不需要你建造一个房子，甚至家人和朋友的经济条件都比你还要好。这时候，还能为家乡做点什么呢？能不能选择一种新的方式，去重新拥抱那个一度被嫌弃，甚至抛弃的家乡呢？

《回家乡建一座图书馆》的第一个主题就是"回乡"。"让我想逃离，又让我觉得无法再回归。回去做什么呢？回去，又能做什么呢？"作者的疑惑是很多人心中的疑惑。"家乡"这个词实在让人觉得五味杂陈，家乡是被隔壁小孩欺负的童年，是糗事连篇灰头土脸的少年，是七姑八姨催婚的青年；可是家乡，又是那条清澈宁静的小河，是周围淳朴热情的脸孔，是第一个告诉你"有志者、事竟成"的小学语文老师。

离乡是因为家乡不够开放，是因为家乡已经承载不了对于成长的渴望。如此说来，还有什么比在家乡建一座图书馆更好的"回乡"方式呢？把开放的世界通过书本带回家乡，把自我的成长转化为帮助别的孩子成长的各种阅读和实践活动，这是一件又聪明又酷的事，作者把这件事的经过慷慨地分享给读者。我要强调"慷慨"这个词，是因为这本书大到梦想，小到操作细节，将"有为图书馆"运营 6 年的点点滴滴，毫无保留地披露，它既是一本民间图书馆运营指南，也是一部充满热情的文字纪录片。

● ● ●

这本书的第二个主题是公益。这个主题看似隐性，全书只用了几页去专门讨论，但这本书的核心就是公益，是如何去做"民间图书馆"这个公益项目。公益在我国，就我接触到的范围，以及书中提供的线索，是一件颇为"奢侈"的事情。公益和慈善不同，每个月拿出工资的一部分捐给联合国儿童基金会或捐款给地震受灾的同胞，这是慈善，是帮助弱势群体，是救急救难；成立一个组织，招聘人去管理一个图书馆，经年累月地培养当地人的阅读习惯，改变当地的文化氛围，这是公益。慈善的对象是弱势群体，公益的对象是社会"薄弱"的部分，大部分的情况，是用润物细无声的方式去改变社会观念，提升大众福祉。

为什么说公益是奢侈的？因为时间和金钱。公益需要的是持续付出的时间，偶尔为之的捐款助学并不能解决问题。和有为图书馆一样，除了固定的从业者之外，一项公益事业的运作需要大量志愿者付出周期性的固定服务时间来维持。

在一、二线城市，"996"的普遍工作现状让人面对公益的召唤心有余而力不足。尤其是最有可能成为公益事业生力军的年轻人，他们恰恰是时间被压榨最多的群体，通常还被灌以"你们是在为自己的简历打工"之类的鸡汤。为公益付出的时间，常常还会招致他人的不理解。我去参加过一个公益项目的培训，有一位"00后"志愿者说，当她把自己正在从事的这个项目告诉朋友时，朋友的反应是"你为什么不把时间用来陪自己的家人"。难道不正是因为有人愿意把自己的时间拿出来，也去陪伴一下别人的家人，社会才更像一个大家庭吗？

公益还需要持续资助的金钱。公益是一个很好的资源分配平台，大家都想为社会做一点事，你有钱我没有，我有时间你没有，所以有钱的出钱，有时间的出时间，钱和时间在一个平台上互相合作，把一项公益事业做好。

公益需要花钱，需要社会不间断地资助，这个想必大多数人都懂。分歧在于，公益的钱是不是可以更多地花在公益从业者的薪资上？之前就知道公益从业者（不是志愿者）的收入都不高，但看到书中披露有为图书馆员工入职薪金都在 2000 元左右，以及国家关于公益从业者薪资上限的有关规定，我还是相当震惊的。

对公益从业者的普遍偏见是：他们就应该无私奉献，就应该一穷二白，就应该是低薪的。问题的本质在于，社会没有把公益看成一个全民在金钱和时间上有机协作的事业，而是把公益看成有人闲来无事要为社会做贡献的一个副业；社会没有把公益从业者看作一个职业群体，而是把他们看作游离于主流群体之外"大发善心"的一小部分人。

公益是一个重要的事业，也应当是一种受人尊敬的职业。社会习惯使用的衡量一切的金钱标准，到了公益这里突然就变暧昧了。公益从业者和别人一样付出劳动，却连最正常的工资回报都无法获得，还必须要活得"像个"公益人。

持续付出的时间和金钱，让公益变得奢侈，奢侈的不是数量，而是持之以恒。而社会在公益这件事上普遍抱有的上述时间观和金钱观，让公益变得更加奢侈，奢侈的是公益从业者和志愿者面对各种质疑所需要坚守的信念，和那颗并非十分易得的平常心。

人类有自私的基因，对"无私"这个看似并非来自天性的东西，天然就保有质疑和抵触心理。然而大家都忘了，"自私"能够成立，是因为人类的行为还有另一种倾向，叫作"利他"。利他和自私是人类社会的两条腿，缺一就无法正常行走。希望有朝一日，公益能够成为我们这个社会的一条腿，而不只是受伤后使用的那根拐杖。

● ● ● ●

谈及本书第三个主题——图书馆，我想连带谈谈两个社会新现象。其一是最美书店，没错，就是近年来频繁出现在社交网络的那一座座打卡圣地。最美书店植根于大众的文化焦虑，地产商敏锐地发现了这一点，将书店定位为吸引客流的网红地点，加上明星建筑师的热情参与，书店这一本来和外观上的"美"没有最直接关联的事物变成了"最美"的载体，图书也成了"最美"的道具。每一方都有各自合理的诉求：地产商为满足大众文化消费需求，建筑师为将实践拓展到更能吸引眼球的领域，消费者则是为了追求"美"。

书店美是没有错的，但是书店只有美就很怪异了。作为一名书店行业的从业者，如果读者走进我工作的书店，第一反应是"这里很美"，我当然很高兴；如果他逛了一圈没有发现"这里的书很棒"，那之前那一句"这里很美"就让人觉得是一种羞辱，让人感到惭愧。

还有一种论调，认为最美书店至少做到了把读者吸引到书店去的第一步。还有比这更天真的想法吗？去书店打卡的人和去书店买书的人经常是两拨人，他们之间最大的关系就是互相干扰。读者去书店，是去和书架上的那些智慧进行"无声的"对话交流的，谁愿意成为闹哄哄的网红背景？打卡的人也没法好好打卡，毕竟还有一些真心购书者站在那儿妨碍他们对最美空间的取景。随着最美书店的泛滥，大众也产生了审美疲劳，毕竟来来回回也就是那几个建筑师，做来做去也都是千篇一律的"美"。美是不可靠的，尤其对于书店来说，不仅不可靠还有点危险。一旦书店开始以"美"而不是"书"为首要卖点，实际上，书店已经开始消失了，尽管招牌上还写着"书店"二字。书店并不活在招牌上，而是活在读者心里。

其二是知识付费。如果说最美书店形式大于内容、前景不甚明朗，那么知识付费作为文化焦虑的另一产物，可谓一个实实在在的新兴产业，据说现在已经达到数百亿的规模。知识付费有很美好的一面，但知识分子并不是都能够轻易把知识转化为收益，实用性强的专业比较容易，理论性强的相对艰难。

尽管就整个知识体系的构建来看，实用和理论同样重要，现实中，两类知识分子的收入却是差别巨大。知识付费在一定程度上可以缩小这种差距，从而让原本已经流失严重的理论型人才回到研究岗位——当然，前提是老师要很会讲，课程要有吸引力。如果没有知识付费，恐怕一般人是不可能有机会收听到"宇宙科技简史"这类课程的。

把目光转向受众，似乎就没有那么美好了。首先需要有一台智能手机，其次需要有网络，再次需要花钱买（课程）。对城市人来说，以上都不是难事，回到本文开头提到的贵州，有些地方连电灯都没有。缺少这三样东西，其实就被排除在这一类新型学习方法的标准受众之外。学习知识本来是低阶层向高阶层流动的一个主要途径，然而这条途径上现在有很多路障：有与义务教育并行的各种费用昂贵的社会培训机构，有一般家庭难以企及的各所私立学校和留学项目，还有——知识付费。这一整套的知识收费机制，难道不是阶层固化的一个推手？世界上没有免费的午餐，但应该有免费的知识分享，为依然相信知识可以改变命运的人留下一扇门。图书馆就是这样的一扇门，这也是本书中可爱的图书馆公益人最触动我的地方，他们提供的不只是阅读，不只是知识，还是通往远方的最后一张免费车票。

需要这张车票的人比想象中的多很多。今年暑假，我心血来潮想去图书馆回顾一下学生时代集体学习的氛围，于是先后去了上海图书馆和浦东图书馆，每天都是一座难求。图书馆是一个非常奇妙的地方，人口密度很大，但是没人是来交往的。每一个人都只身坐在一个可遇不可求的座位上，孤军奋战、上下求索。唯一的安慰就是周围这些人虽然都不认识，但他们和自己一样，心中都有一个远方。在当今的知识互联时代，说图书馆是唯一的免费学习途径是有些夸大了，但如果能够搭乘一列有同伴的火车去远方，比自己骑单车去显然让人更有动力。

翻到书的尾声，第 307 页，我不由得笑了。作者放了两张照片，一张是 2012 年有为图书馆开馆时的她——典型金融女的霸气模样，另一张是 2018 年在图书馆前台的她——质朴无华、元气满满。这也是我对这本书的阅读体验，换两个词可能更加确切：脚踏实地、热情洋溢。我对"热情"一直都同时抱有向往和抗拒的对立情绪，但是这本书里的热情让我只有向往，只有感动，只有敬佩。

虽然平常我总说，读书是一种乐趣，不要把阅读神圣化。但是，我心里知道，如果没有读书这件事，生活将会多么贫瘠。儿时的小镇是没有图书馆的，我永远都会记得那些把书作为礼物送给我的每一位长辈，他们为我打开了一扇窗，让我有机会眺望窗外的远方。

读罢《回家乡建一座图书馆》，相信每个人都会有这样的想法：如果当时我的小镇也有一座"有为图书馆"，现在的我，有没有机会到达更远的地方？远方不是名与利，也不是所谓的成功或人生赢家，而是经得起自我反复质疑与考量的，值得一过的生活。

上海故事

21　　　　　　　《上海纪事》：空间与人的故事

　　上海故事的写法很多，读本亦不少。若想看看社会学家眼中的上海是什么样的，于海教授最新出版的《上海纪事：社会空间的视角》不容错过。这本书从"社会空间"视角去探索这座城市的前世今生，案例丰富，深入浅出，让每一个关心城市发展的普通市民都可以从阅读中收获惊喜和启发。本文就从普通市民的角度来介绍书中涉及的几个十分有趣的问题。

谁是上海人？

　　在市郊长大的我，从未觉得自己和"上海人"这个词有什么关系。但"上海"的确经常出现在儿时的生活语境中。比如，到市区去，郊县人叫作"去上海"，仿佛我们并不生活在上海这个"行政"区域；又如，我和同辈管我们的叔公叫"上海爷爷"，因为他住在市区。唯一的例外就是，我随母亲到北方探亲时，那儿的亲戚和邻居都觉得我家是"上海人"——纯粹是因为他们距离上海太远，不了解不是所有在上海住的人都是"上海人"。

到底谁是上海人？作者在"从上海空间历史发现上海人"一章中说得明白：上海人自认是上海人，实际上是有空间界定的。上海人不仅将外地人叫"乡下人"，也将 1949 年时上海建成区 80 平方公里以外的人都叫"乡下人"。那时，住在"80 平方公里"的地理空间范围是"上海人"的门槛。

这 80 平方公里以内的上海人，住在什么样的环境中呢？高度密集的原租界地区石库门弄堂里。上海人为全国人民所诟病的精乖、算计，其实是在这种狭窄逼仄、生活冲突不断的居住环境中"养成"的。偏偏这些弄堂又处在曾经最繁华的原租界区域，进门是逼仄冲突，出门却是"十里洋场"的大都市，所以上海人的另一个特征就被说成"崇洋媚外"。石库门弄堂本身的建筑空间（逼仄）和其所处的城市空间（曾经繁华的租界）塑造了上海人的性格。

解释清楚了"物质空间"中的上海人，结合这本书第二章和第三章"上海崛起的空间品格"，"历史空间"中的上海人也在作者笔下浮现了出来。关于上海空间变化三个阶段的论述，对应了"上海人"（自我认知）的形成、巩固和消失。

"上海人"形成于开埠后的 100 年，当时的中国是半殖民地半封建社会，内忧外患，兵荒马乱，百业凋敝，农村破产。活不下去的农民、流民，为了活路而来到上海，他们做工、经商、投机有成，一批批"乡下人"变成了最早的"上海人"。租界的现代文明——尤其是物质文明——让上海人自觉优于他人，"自我"在与"他者"的对立参照中逐步形成，"上海人"和"乡下人"的区分就这样建立了起来。

这里面最有意思的是，"上海人"曾经都是"乡下人"，而"乡下人"只要肯努力，沿着到上海"落脚—打拼—发迹—定居"的路线，假以时日，都有机会成为"上海人"。"上海人"在当时中国物质文明最发达的租界中形成，民族主义意识较弱，用作者的话来说，"租界的繁华，在许多批评者看来，就是以魅惑的方式盛开的'恶之花'，但确实构成上海人，或者普通上海人城市认同的一个经久的根源"。

1949年前后到20世纪80年代末，革命与工业化的空间路线——国家的计划经济和优先发展重工业战略，将上海从消费城市变为生产城市。在这个阶段，"上海人"的自我认同更加强烈。作者总结原因有三。其一，计划经济虽然让上海失去了新移民，但"上海人"的地方意识反而固化和强化了；其二，在"全国一盘棋"的环境下，上海向外地输出大量专业人才和工人的同时，"上海人"也将自己和乡下人的对比散播到全国；其三，摇身变成工业重镇的上海，依然呈现出现代、文明、时髦等特征，"上海人"依然有趾高气昂的资本。

"上海人"的消失始于20世纪90年代。"全球城市"的新空间战略——生产导向转变为服务导向，重新开放了引进人才的大门，80平方公里以内的城市空间被新移民中产占据，曾经的"上海人"外迁到他们眼中的"乡下"。而新一拨来上海打拼的成功者已来不及假以时日，迫不及待地给自己创造（同时因其经济地位的崛起而被赋予）了一个新名词："新上海人"。离开了特定的物质空间，80平方公里以内的"上海人"实际上已经渐渐消失了，只留下精英阶层自恋的关于"十里洋场"的怀旧，脱离了日常生活。

空间对人强大的塑造能力，在"上海人"这个案例中淋漓尽致地表现了出来。"上海人"那么"物质"，根源来自物质空间始终在其自我认知发展过程中起到最关键的作用。"上海人"始终缺少一种精神性的凝聚力量，一旦离开了其所生活的物质空间，自我认知就开始坍塌，族群的流动性变得很差。

与之相反的族群，比如客家人，在发展过程中形成了更多物质之外的凝聚力量——团结协作的社会传统，共同的祖先祭祀习俗，等等。受到地理位置的限制就更少，拥有更强的流动性。当然，这与"上海人"本身的历史很短也有直接的关系，从开埠至今也只有100多年时间。某种意义上说，"上海人"是一段特殊而短暂的历史时期内的族群。

田子坊的传奇

第一次去田子坊是在 2005 年左右，当时那里最吸引我的地方是艺术生产、消费空间和石库门里弄生活的奇妙混搭。和新天地的假古董不一样，田子坊里是有真生活的，居民和艺术家、文创店主、游客在同一个空间里互为背景，上海的本土性和国际化在一个保存完好的里弄空间中纽结在一起，形成了不可思议的空间景观。读罢书中第六章"田子坊实验的权力之争与模式之争"、第七章"田子坊空间的三重社会命名"后方才知道，田子坊空间现象背后经历了传奇性的权力博弈。

在大拆大建的城市更新主导模式下，田子坊原本要被拆除做台资日月光地产项目（2002 年后田子坊一直面临被拆的危机），是文化精英的国际眼界、一级政府官员的民生价值关切、学术精英的话语声援，加上普通居民"不想走"的愿望和行动，共同留住了田子坊。

陈逸飞最早带来了"艺术激活空间"的文创产业理念；街道工作人员老 Z 坚持"造福居民"的工作目标；阮仪三、郑时龄、厉无畏等学者在主流媒体发出保护田子坊的声音；普通居民积极参与并严守基本规则的"居改非"实践，将房子租给艺术文创店主——四方力量缺一不可。其中，街道工作人员老 Z 的作用是核心的，在这一场政府和社会的权力博弈中，老 Z 的身份为居民从事当时并不合法的"居改非"提供了定心丸，同时又约束了居民不能完全依照市场经济的逻辑随意选择低端租户。没有他的"一根筋"，这场自下而上的"逆袭"是不可能实现的。

当然，我们也应该注意到田子坊最终被政府认可的本质原因。作者清楚地点明：到了 2006 年，政府终于看清，田子坊也许可以做成卢湾区傲视上海的名片。毕竟，购物中心和写字楼的经济效益是每个区都可以做到的，但田子坊因为各种因素而形成的特殊城市景观是独一无二的。2008 年，政府取消了原规划方案中的地产开发项目，赋予田子坊"居改非"在法理上的正当性。

为什么上海有那么多石库门里弄，只有田子坊脱颖而出，成为城市名片？城市旅游产业的发展在当下呈现两个特点。第一，城市与城市之间的竞争，越来越体现在差异性空间产品的生产能力上。

阿联酋喜欢建设世界最高建筑，因为它的历史遗产实在没有太多的视觉震撼力，要发展城市旅游，就要靠现代文明的人工制造来创造差异性，如世界最高楼、世界最大购物中心等。与之相反，京都几乎没有高楼大厦，那些寺庙、庭园已经足够让游客心向往之。田子坊是上海石库门里弄空间的代表，通过与艺术创意的结合，又呈现出与普通里弄完全不同的空间特点，从而具有了辨识度极高的差异性。

第二，游客对城市的兴趣正越来越从城市的物质景观转向市民的日常生活。互联网的普及带来了信息高度的流通与共享，即便不出门，一台电脑也可以看遍全世界，不同城市的物质景观变得可看、可理解，神秘性消失了。唯一保有神秘性的领域，是某座特定城市的原真市民生活。别处的人到底是怎么生活的？若非亲自踏入甚至住在他们的生活空间，是无法真切感受得到的，"住在别人的生活里"在这个信息泛滥的时代变得越来越有吸引力。

田子坊保留了生动鲜活的老上海里弄生活。更重要的是，艺术的实践赋予老生活以新活力，市民的活动和艺术家的活动交织出了别样的"生活"，这种介于现实与超现实之间的特别在场体验是无法通过照片传达的。

田子坊案例的特殊性在于，它打破了我们关于旧城更新的一般认知：在政府主导下的开发商合作模式中，政府的权力是不容置疑的。之前大家从来没有想过，空间的实际使用者可以参与到权力博弈中。在这个案例中，开发商在博弈中失败了，涵盖了艺术家和普通居民、学者在内的广泛阶层和群体获得了话语权，并改变了政府的决策。

然而，后续的发展也非常有戏剧性。得到正名的田子坊，走上了彻底商业化的道路，居民不再受到选择租户的制约，高端的艺术创意小店被低端旅游品贩卖小店（能支付更高租金）取代，游人更加如织，而空间却日渐失去了原来的特色。

原本为艺术创意街区的创建做出贡献的居民，为什么转身就成了破坏者？这并不是个案，从北京的南锣鼓巷到苏州的平江路，无一不遵循着"艺术创意激活—游客蜂拥而至—城市名片形成—走向低端和彻底商业化"的路线。

在田子坊这个案例中，居民的角色转变耐人寻味。在"非法"阶段，居民作为房东的权利受到法律制约，他们需要庇护者，所以认可政府背景的老Z的权威，"艺术创意+日常生活"的发展路线得到支持和贯彻。到了"合法"阶段，庇护者失去了存在的必要性，原来的"制衡"状态被打破了，居民的力量抬头，吞并了老Z和艺术家的话语权。居民的角色看似转变了（从保护者变成破坏者），实际上没有变（房东），前后的目的都是为了利益最大化，"非法"阶段只有通过和话语权拥有者的合作才能实现，"合法"了就会抛弃合作方。

现阶段田子坊的低端化，是市场调节的必然结果还是必经过程？当居民渐渐为了利益把保持真实日常生活的空间让渡给了游客，田子坊会不会变成"新天地"呢？

数字化重塑空间与人？

在数字化时代，空间与人会变成什么样？这本书的第十章"数字经济与互动社区"涉及了这个问题。这一章精练地分析了数字经济"最后 1 公里"的竞争，实际上是由新都市化导致的空间问题形成的。"数据虽无远弗届，让空间看上去不再是问题，但人们不能吃数据、穿数据，在完成了网上选货、网上下单和网上付款后，仍然需要人将实物送到你实在的处所，交到你手上。数字经济的'最后 1 公里'，是靠由快递员组成的物流系统完成的。"

作者认为，"最后 1 公里的竞争"肇端于 20 世纪 90 年代，上海在"全球城市"的空间战略定位下产生的新空间、新地貌，具体表现为中心城区的高端化、都市空间尺度的巨大化、居住空间的私产化等。这些空间变化导致的"1 公里"内简单商品和服务的缺乏，在"电商 + 物流"的新经济模式下迎刃而解。这里需要看清因果关系，是先有新空间、新地貌，为所谓的数字经济撕开了一个空白的市场，后者于是趁虚而入得到了蓬勃发展。

数字经济反过来是否有重塑社会空间的能力？数字经济的确会影响城市空间，但是这种影响目前仍然是非常有限的。数字社区店、无人便利店是事实，但这些东西在空间上有多新呢？从形式到内容，它们依然是商店，商品依然整齐地码在货架上，和以往不同的是：数字社区店的采购不靠人脑而靠大数据精准分析，无人便利店把商店的交往空间功能完全抽掉，让买东西变成纯粹的人和物的简单关系。

让我们把视野从数字经济扩大到数字化时代。人类已经进入了一个物理空间和虚拟空间双重发展的历史阶段，在未来，城市是否不再需要物理空间的承载？有两种展望，一种认为未来的数字城市可以无物理空间，人类所有需求都可以通过互联网实现，这种说法在人类依然还是血肉之躯的情况下不太好想象。哪怕有一天连吃饭穿衣都不需要了，在"虚拟空间"外至少也需要物理的"居住空间"吧？另一说是"脑机接口"，即在人脑和电脑之间研发一种类似于USB 接口的数据传输接口，最终目标是实现人机连接共享数据。如果是这样的话，原本意义上的城市，甚至人本身都会被颠覆。

人脑在计算速度和精确度上已被电脑远远甩在身后，电脑在人脑依然占优势的领域——大规模平行处理、深度学习等——也正在迎头赶上。然而，人脑和电脑的本质差别不是速度、精确度，也不是自我更新的学习能力，而是人脑的"记忆"机制。这个机制可能是生物学研究中最神秘的领域，因为它关乎人的本质。

电脑的"记忆"是"读取"，信息就在存储介质的某一个地方，只要存进去过，就能调出来；而人脑的"记忆"是"重建"，存进去的东西有时能调出来，有时完全丢失，更多的时候是以新的方式出现。一块玛德琳蛋糕的味道可以让一个成年人被汹涌而来的少年记忆所包裹，感到奇异、美妙、坠入情网（《追忆逝去的时光》），这种记忆不是简单的"存入-调出"，是"存入-重建"。关于重建到底遵循什么样的机制，目前我们所知的依然非常有限。

如果人脑和电脑一样只是"存入-调出"，那么世界永远将是最初的模样，没有房子，没有城市。简单通俗地说，上述"存入-重建"的大脑神经元记忆运作机制是人类想象力的基础，而没有想象力就没有人类文明。电脑和人脑差异的消亡之际，或许不是数字化"重塑"空间与人，而是"吞噬"空间与人。

●　●　●

　　除了上述三个议题，《上海纪事》的内容还涉及上海的内城更新、商街、汽车社会、公园晨练、社区营造等。这原本应该是一本关于"空间与人"的理论著作——书中的理论梳理也是层次分明、清晰简练。感谢作者用理论与案例并重的写作方法，为普通读者打开了一扇深入了解上海的大门。

　　在这些案例中，作者特别关心普通人的活动。例如民星路"飞短流长"理发店的店主小 C 的创业故事，生动演绎了外来移民以"相对低廉的价格和更多额外的服务"落脚上海的这一基本策略；又如，5 岁混血小姑娘在创智农园一下午的活动，让人惊奇地发现，都市里一片小小的农园，竟然可以让孩子们创造出属于自己的空间并体会责任感。

　　空间与人的关系是如此密切，以至于我们常常会对其视而不见。《上海纪事》恰恰是把被忽略了的关系从社会学理论和田野调查中挖掘了出来。引用后现代政治地理学家和城市理论家苏贾的话，尽管生活的空间是"被统治的，因此，是被动体验或屈从的空间"，但是生活的世界是如此地"性感、灵动、能动"，所以这也是一个"反抗统治秩序的空间"，对于这个空间的知识"能够引导我们在奴役中寻求变革、解放和自由"。这本书最精彩的地方就是向读者展现了这种可能性。

22　工人新村的思想来源、建设特点与真实生活

记忆中有一年到曹杨影城去看电影，从地铁站出来往影城步行，经过了一座占地面积很大的公园和一个特别干净整齐的"新村"。给我留下深刻印象的是房屋显然重新刷过的白墙，建筑那极简、无装饰的美学风格，以及整个住宅片区疏朗、宁静的氛围。

那个"新村"叫作曹杨一村，是曹杨新村最早建成的部分。而后者作为上海第一个工人新村，是《从模范社区到纪念地：一个工人新村的变迁史》这本书的田野调查对象。

工人新村作为 1949 至 1978 年间上海最大规模的住宅建设实践，相关研究领域一直未出现全面、系统性的理论著作。这本书填补了上述空白，为上海乃至全国的工人新村研究提供了相当有价值的参考。读罢，我试图从以下三个相对通俗的方面去理解工人新村这一城市现象。

思想来源

在中国，工人新村这个故事的开头，可以追溯到 1920 年 4 月 7

日周作人在日记中的一条简短记录：毛泽东君来访。

1919 年，周作人这一边，在"新村主义"先驱者武者小路实笃的陪同下，对日本"日向新村"进行了实地考察，回国后发起五四时期具有广泛影响力的"新村运动"。而毛泽东这一边，1918 年第一次来到北京，加入了"少年中国学会"，并被老师杨昌济推荐给李大钊担任北大图书馆临时馆员。1919 年，受到"新村运动"的影响，毛泽东撰写《学生之工作》一文进行新村规划，并试图在湖南岳麓山建立一个半工半读、平等友爱的新村基地。1920 年 4 月 7 日，青年毛泽东对新文化运动代表人物周作人的上述拜访，就是基于以上背景。

五四时期的新村运动之滥觞，可上溯至中国古代的"大同思想"以及托马斯·莫尔的"乌托邦"。作为一种"非暴力的"创造新社会的方式，新村运动契合了当时知识分子群体的胃口。邻邦日本，新村主义理论家、实践者武者小路实笃，于 1910 年在文艺刊物《白桦》上撰文宣扬人道主义、谈论人应当如何生活时，就引起了周作人的注意。1918 年，武者小路实笃创办《新村》杂志，宣传新村主义，并且躬身实践，创建了日本第一个劳动互助、共同生活的模范町村：日向新村。

日向新村的具体生活规定为：每日值饭人 5 时先起，其余的 6 时起来，吃过饭，7 时到田里去，至 5 时止。11 时是午饭，下午 2 时半吃点心，都是值饭的人送去。劳动倦了的时候，可做轻便的工作。到 5 时，洗了农具归家，晚上可以自由，只要不妨碍别人读书，

10时以后熄灯。目的是要打破"劳心者治人，劳力者治于人"的不平等，追求读书和劳动协调一致的全面发展状态。这种观念深谙中国文人内心深处对"日出而作、日落而息"的田园生活之向往，难怪周作人在《访日本新村记》中写道：回到寓所，虽然很困倦，但精神却极愉悦，觉得三十余年未曾经过充实的生活。

新村主义的本质是一种追求"劳心"与"劳力"绝对平等的空想社会主义，平等观念是其最核心的进步价值。这种依靠人的"自觉"来"温和"改造社会的方式，在当时的局势下显然是空想色彩浓郁，实践可行性不足。周作人的新村运动、毛泽东等诸多人物的新村实践，都以失败告终。

毛泽东认清了历史发展的趋势，最后走上了革命道路。然而，当观念植根于领袖人物的内心，终有一天将会成为现实。拜访周作人30年后，"新村主义"终于有了实践基础，而作为模范社区的曹杨新村，只是全国范围内工人新村空间实践的一个组成部分。

另一方面，这种思潮的影响并不止于工人新村。人民公社、知识青年上山下乡等，似乎都可以从新村主义中找到逻辑源头。

从本书中，读者可以看到，"新村主义之梦"的梦圆年代并未持续很长时间，第一代新村居民经由新村确立了工人阶级的空间身份，并获得强烈的身份认同感和荣誉感。然而，从1966年开始，"新村二代"经历了上山下乡、返城就业、下岗等一系列社会变革。平等与竞争、劳心与劳力之惑，远远未到完满解答之时。

建设特点

工人新村的建设有两个基本特点。特点之一是选址大多在城市外围。曹杨新村位于当时上海城市建成区的边缘地带，属于沪西工业区外围的待城市化区域。除曹杨新村外，其他（上海以及其他城市）工人新村大多也在类似区域进行规划建设。"远离"城市中心的选址，等于在城市边缘建造了一座座将城市包围起来的"新城"，建设成本高且与城市的关联度低。看似不合理的选址，服务于当时的经济和社会政策，表现之一是"生产先于生活"。作者一针见血地指出，"新村与其说是一个独立的住宅计划，不如说是工业区发展的一种服务配套设施"。"配套性"是工人新村很本质的属性：生活完全服务于生产，靠近工业区、方便工人上下班是基本原则。表现之二是"消灭城乡差别"，工人新村不仅在物理上是城市与乡村之间的过渡区域，而且带有一种回归村落式生活的心理趋势。从结果上看，毛泽东时代的工人新村有一种"村""城"模糊交织的特质，城市生活的匿名性被完全取消了，并以"单位纽带"替代了传统乡村的"血缘纽带"。

特点之二是建筑风格和建造方式以实用、经济为取向。工人新村具有现代主义住宅的一些特征：简约、去装饰，以及户型的标准化、类工业生产的批量建造方式等。曹杨新村看上去与现代主义建筑"装饰即是罪恶"（阿道夫·路斯）、"形式服从功能"（路易斯·沙利文）、"抛弃豪华壮丽"（勒·柯布西耶）等宣言，在精神上和建筑形式上颇有相吻合的部分。

对现代主义建筑的借鉴，实际是为适应建国初期的基本国情：既需要为工人阶级提供大量住宅，又受限于百废待兴的恶劣国民经济条件，建设部当时提出了"实用、经济，在可能的条件下注意美观"的方针。工人新村与同时期其他建筑都遵循上述原则，前者由于是大规模的建设工程，更是以实用、经济为准绳，如天津的中山门新村、纪录片《铁西区》中所描述的沈阳铁西工人村等。

例外之处还是存在的。尽管曹杨新村在选址和建造上都依循以上特点，但作为一个里程碑式的项目、新中国对外展示和交流的窗口，在规划和建筑设计上显然是工人新村的"高配版"。

书中指出，曹杨新村规划时最早采用的是美国学者克拉伦斯·佩里（社会学家和建筑师）提出的"邻里单位"模式。设计师汪定曾先生早年在美国求学，受到欧美关于花园城市、新城市主义运动萌芽等的研究和实践之影响，试图将新思潮中有关绿化、生态、以步行为向导、非对称自由布局等内容，与脑海中老上海旧式里弄的成长记忆结合起来，在设计中有机融合两种不同的文化基因。[1]

建筑设计方面，也绝不只是"在可能的条件下注意美观"，日本建筑评论家斋藤和夫认为，"这是一种漂亮而潇洒的西欧风格"。走在今日的曹杨新村中，尤其是曹杨一村，醒目的白墙、红瓦、绿窗、别致的花格漏窗，优雅的审美意趣扑面而来，亦能感受到汪先生当初所设想的那种中西合璧式的婉约动人。

---

1 参见汪定曾《寄语今天的建筑师》一文。

真实生活

工人新村世俗的、日常的真实生活到底是什么样的呢？"这个新村，只有合作社那里的电灯光亮最强，也只有那里的人声最高。从那里，播送出丁是娥唱的沪剧，愉快的音乐飘荡在天空，激动人们的心扉。一眨眼的功夫，新村的路灯亮了。外边开进来一辆又一辆的公共汽车，把劳动了一天的工人们从工厂送到他们的新居来。"周而复在《上海的早晨》中这样描述曹杨新村，从中不难看出集体主义生活的样貌。

工人新村的物理空间是为集体主义生活而精心设计的。户型设计厨卫浴多户合用，私人空间仅限于卧室；公共活动空间却相对充足，如宽敞的前后院、入口家务院、集会广场、公园、文化馆等。这些公共空间不仅是集体性活动的发生地，也容纳了一部分家庭活动，将两者的界限变得很模糊。

公共空间是提供公共生活的场所，但并不必然形成集体主义生活，集体主义生活是基于集体主义的（而非"集体的"）活动而形成的。如我们现在去文化馆或图书馆看展览、听讲座，只能称之为一种公共活动，大部分参与者都和彼此没有深度关联，只是在特定时间共享了特定空间，人与人之间保持了匿名性。但那个年代的工人新村不是这样，公共空间里发生的活动不仅有公共的属性，而且有集体主义的属性，如老党员负责组织的读报小组、年长的妇女到公共食堂为大家做饭等。这种集体主义生活显然不是仅仅依托于物理空间的设计就自然形成的。

集体主义生活的形成，还取决于个体在空间中彼此之间的关联度，涉及新村居民的身份建构问题。有资格入住曹杨新村的居民，都经过严格选拔。书中以申新九厂（国营大型纺织厂）为例，指出最后入选的工人往往是"劳动模范"和"先进工作者"。这两个称号都是国家和单位赋予工人的，带着荣誉入住新村的工人，其身份建构依托于一个明确的集体，即他们所在的单位，而非社会这种模糊的集体。新村的日常生活乃是单位生产之延续，新村的居民关系乃是单位工友关系之延伸。故而，新村的集体主义生活自然是由单位的集体主义劳动衍生出的必然结果。经过设计的物理空间可以促进一种生活模式的塑造，但它显然并没有规划师和建筑师想象的那么重要。

曹杨新村的物理空间依然屹立在早已不属城乡接合部的中环，而工人新村的集体主义生活早已消失不见。在我居住的住宅楼门厅，张贴了一张有关片区管理人员的名单，其中有一个"块长"的职务让我一直很疑惑。现在看来是与 20 世纪 50 年代"条块结合"的基层管理制度设计有关："条"是工作层面上的分工，"块"则是不同空间层次上的分工。近期，上海推行垃圾分类制度，市民又一次感受到居委会在推行政策和引导居民行为上所拥有的影响力。

● ● ●

工人新村是规模庞大、命运跌宕的城市空间实践，也是中国城市发展史上五味杂陈的篇章。和其他许多城市空间一样，经历了产生、发展、停滞、衰败的过程，又由于它的命运与工人阶级的命运紧密交织在一起，而格外令人唏嘘。从模范新村到纪念地，工人新村能否在新世纪迎来新的命运转折？故事还远远未到完结之时。

这里无人大声喧闹

五个月创作，三十万字体量，这是一部 20 世纪六七十年代上海知识分子和准知识分子群体的精神生活史。翻开小说，作者介绍页却写着："吴亮，祖籍潮州，生于上海，小学学历，务工十四年，从文逾卅载。《朝霞》是他的第一部长篇小说。"

读者缺少这类文本的阅读经验。其一，内容上，故事与思想所占比重不分伯仲。读者习惯于看由故事为主要构成的小说，而作者在这部小说中抛出了大量哲学、宗教、政治的纯思想内容，这些内容同故事密不可分，非读不可，给人造成了距离感。

其二，叙述方式是碎片化的。全书有一百零一章，五六百个片段，仿佛没有开头没有结尾，又好像处处是开头处处可结尾。

其三，不同体裁随时空降。若以小说的故事部分为主线，那么随时会插入主线的可能是一封信，一篇日记，一段《旧约》的文字，一组以话剧形式写的对话，一个梦，一段读书札记，一些评论……甚至还有作者直接跳出了小说"谈写作"。这种类似于电影中的杂耍——蒙太奇的写法，令人眼花缭乱。

其四，作者用一种非常强硬的文字与标点的排布方式，牵领着读者进入整部小说的体系，不给人以喘息机会，大段大段的文字中间没有句号，有的甚至没有标点符号。不论是主观视角的思想叙述，还是客观视角的故事叙述，几乎没有一段文字可以轻松阅读。

看不太懂的《朝霞》，读起来却是欲罢不能。小说中所描述的20世纪六七十年代的"上海故事"，不论是物质的，还是精神的，都深深地将读者吸了进去，不止是被人物、被故事所吸引，更是为笼罩着整部作品的一种"意蕴"所着迷。

片段与整体

《朝霞》不是回忆录，但具有很强的"回忆"性质。作者的记忆力实在是非常好，如此多的细节铺陈光靠想象是很难完成的。"回忆"是整个故事的起点，小说的第"-1"章表明："写作欲望被一种难以忘怀的童年经验唤起，不断强化，终于成为一个意念，挥之不去。"第"0"章的开头"邦斯舅舅回到溧阳路麦加里的那年已经六十五岁了"（一直觉得这里若作为开头是更好的选择），于是整个故事基于回忆的线索拉开了帷幕。

回忆总是片段的，人脑记忆的物理方式是抓住特定场景和关键信息，并不是把所有细枝末节都记住——这样会导致大脑神经元的大量占用和记忆紊乱。小说碎片化的组成，仿佛就是对回忆本质的一种模仿，把我们通常惯于虚构的连贯性与整体性故意打破，还真实以本来面目。"回忆"在人物之外成为了无形的主角，更准确地说，尽管使用了第三人称叙事，小说真正的主角是作者本人，内容是作者记忆中的事。

有趣之处在于，即便是由如此碎片化的、各种体裁的文字所构成，小说给读者的整体感并不弱于那些纯以故事和连续性叙述为主要模式的长篇作品，甚至在某些角度还略胜一筹。原因在于作者深谙"广度"与"专注"对于任何优秀的作品都是需要同时掌握的。

《朝霞》的广度不仅仅是故事空间和人物命运的广度，在精神空间层面，涉及古今中外，从中国古典诗词到西洋哲学科学。作品中贯穿始终的对西方文学、哲学的钟情，代表那个禁锢时代知识分子阶层普遍的精神追求。

小说在"专注"方面做得尤其出色：故事的时间跨度集中在20世纪70年代，当代的笔墨有些许，但主要的时间范围是限定的；故事的发生地主要集中在上海市中心原法租界区域（现黄浦区）和公共租界区域（现虹口区）；人物的阶层集中为知识分子阶层和准知识分子阶层（知识分子的后代）。故事和思想就是在上述聚集度很高的时空范围内慢慢酝酿发芽，尽管最开始写作的方式是在网站上一段一段地边写边发表的，基于对"专注"的把握，故事和人物竟然零零碎碎地逐渐成形，那些片段就好像是一块一块砖头，越积累越立体，最后变成了一栋风格鲜明、整齐有序的房子。

逼仄与开阔

写上海，写上海人，离不开石库门里弄。王安忆的《长恨歌》一开始，就用了相当长的篇幅，饱含情感地描写了里弄。《朝霞》的处理方法要克制许多，里弄在很多时候都是作为一种客观存在出现在人物的故事线索中，但是那种居住环境的逼仄感依然无处不在。

"那天下午他坐在宋老师的低矮三楼房间里，从老虎天窗望出去对面是一排高高低低灰砖厂房。"石库门建筑的老虎窗，是一种开在坡屋顶上的天窗，用作房屋顶部的采光和通风。宋老师住的这个"低矮三层房间"叫作"三层阁"，是为了提高石库门房子的居住密度而搭设出来的阁楼空间。由于空间连着屋顶，所以只有中部尚有可以直立的高度，两边高度随着屋顶的形状逐渐变低，只能放置床用以躺卧。阿诺也住在"三层阁"的空间，小说中提起"十年前他经常做可怕的梦，梦见老虎脑袋伸进窗口，他无法移动两腿，梦见他从三层晒台跌落"，"老虎脑袋"应为孩童不懂得"老虎窗"的真实由来而产生的臆想。

除了里弄之外，《朝霞》中还有一种住宅叫作"公寓"。"社会青年马立克没有窗，这是一间嵌在走廊转弯处的储藏室，房间里的房间"，小说一开始这样描述马立克的住所。再往后看，"马立克那几年应该住在复兴中路和重庆南路转角那排长长的深褐色公寓，三楼临街有三个窗户横向展开，里面分别是宽敞的客厅与两间卧房"。这栋公寓的名字叫重庆公寓，建成于 20 世纪 30 年代。公寓这种建筑类型是主要兴盛于二三十年代的小众居住地产，位置上多处于城市繁华地段，设计、施工质量普遍很高，多出自洋行之手。不同于里弄住宅，公寓的服务对象是洋人和华人社会精英，以一梯两户为主流，类似于独立式住宅，可以说是市中心的"豪宅"。重庆公寓建成后，主要住户是白俄、葡萄牙人和华人精英。在这样有三个大房间的大房子里，马立克却选择住在走道上的储藏室，终年睡在黑暗的空间中。

有心还是无意，小说主人公们开阔的思想状态同他们所处的逼仄环境形成了一种鲜明的对比。年轻一代中学毕业后尚无机会念大学，被分配去了工厂、国营单位上班，或者去农村插队。人生几乎没有什么选择，但是局限并没有把他们变成大脑空空、没有追求的人。相反，《朝霞》里的年轻人充满了理想主义的色彩，他们追求"上知天文下知地理"的自我，他们疯狂地读书，任自己的思想在求知识、求真理的过程中驰骋。

小说中的"读书"是一种无功利性的、纯粹的求知行为，读书和讨论问题是年轻人精神生活的最重要的组成部分。阿诺和邻居林林、东东以借书为交往方式，和马立克也是在图书馆相识。读书仿佛是年轻人之间的暗号与密语，那种"唯有读书高"的姿态在整部小说中制造出了一种迷人而深邃的氛围。作者信手拈来的罗兰·巴特、歌德、别林斯基、康德等思想大师，围绕在年轻人周围，令他们保持怀疑与警醒的头脑，免于在压抑的年代迷失自我。

相对于年轻人的形而上，知识分子更注重在生活的细微处探寻冲破思想禁锢和获得心灵自由的可能性，他们开始重新挖掘物质生活中所蕴含的浪漫主义和人生真谛。审读马恩全集重译稿任务之外，马馘伦教授热衷于翻译拉伯雷《巨人传》中烦琐、精致的法菜食单，将"鱼子酱、菠菜泥、咸金枪鱼……"以工工整整的法中对照写在废纸上，仪式般地。远在青海劳改农场的邦斯舅舅是一位生活杂家，不仅对食疗偏方颇有兴趣，普通的烟草、大白菜都能成为他津津乐道的研究对象。依靠这些对生活的极致探究，他孤零零地在青海湖旁坚韧地生活着。

劳动模范孙来福在政治失意后，把兴趣转向了"闲情逸致"，集邮、养花、养鱼、养鸽子："三楼晒台奇迹般地被孙继中爸爸改造成一个玻璃花房，这个花房居然不可思议地延伸到屋檐之上，不仅如此，更让李致行江楚天叹为观止的是，与玻璃花房毗邻的还有一间悬空的鸽子屋，几十只信鸽扑棱扑棱不断起飞，盘旋，滑翔，上升，俯冲，在蓝天下画出漂亮的弧线，最后降落在那个搭筑在三楼屋檐之上的鸽子屋檐周围……"这种对逼仄空间的极致利用，不仅让叙述本身充满了戏剧性，而且赋予人物性格以别样的张力。不论处于什么环境之下，人都可以选择饱含热情地体验生命，去冲破心灵的禁锢，这一点是小说传达出来的一种强有力的信念。

静止与游弋

小说中的两代人，在那个年代呈现出"静止"与"游弋"两种完全不同的状态。知识分子是身不由己的"静止"状态，不论是长期在劳改农场的邦斯舅舅，被关进提篮桥监狱的李兆熹叔叔，还是没有失去人生自由但也无法掌控自己命运的翻译家马鹹伦夫妇、在酒泉研究火箭不能回家的沈灏爸爸。经历了动荡岁月的父母辈，侥幸活了下来，但已经被磨平了棱角，偏安一隅，等待着命运可能还会发生的转变。

而年轻一代要"游手好闲"得多，他们"游弋"在上海，"游弋"到外省，活动空间很大。"游弋"是躁动。主人公阿诺是一个城市"游弋"的爱好者，"他相信一个人可以在一天之内穿越上海穿越世界，只凭借一幅完整的地图"，他常常在地段医院混病假，然后在城市里"寻路"，从一条弄堂进去，另一条弄堂穿出来站在某条路沿街。阿诺在殷老师家失去童贞后，"此后的三天如幽魂到处闲逛，心灰意冷，神情涣散，完全没有静下来读书的状态"，他在没有目标地胡乱行走，单相思宋老师无果，迷恋的邻家女孩纤纤似乎爱上了别人，同殷老师的偶遇将他的青春在身体上画上了一个句号。

"游弋"是逃离。沈灏离开和姆妈两个人的房间，在公平路码头上船，"他第一次意识到自己闻到浓浓的吴淞江里腐烂的腥臭味，唯一一条通往吴淞口的逃跑路线，然后折返，进入长江，两岸工厂的烟囱喷出的棕色浓烟缓缓上升，稀释，散开，与最底下的云层融为一体，它们自由了，以无形的形式逃逸"。沈灏逃离的不仅仅是姆妈和李致行爸爸发生的令他无法面对的婚外情，他也试图将自己从对母亲无比依恋的恋母情结中解脱出来，寻找属于自己的生活和情感道路。

"游弋"是探索。李致行去江西插队，四处流窜访学寻友，路上遇到推销员、画工老翁等人，社会现实扑面而来。孙继中在安徽泾县，拾起画画的兴趣，在自然风光中找到了与城市景观截然不同的意趣。迷恋军事的东东，无法忍受沪东造船厂天天重复的生活，想要成为一名海军，参军未果，终于借机去了柳州西江造船厂。有时候，年轻的人们聚在一起远游，孙继中、何显扬、沈灏和李致行从休宁南城供销社出来直奔齐云山；又过了一阵子，李致行、江楚天和曹永禄师傅并排坐在三清宫遗址旁边，大谈香烟和茄科植物。

年轻人的"游弋"不仅同父母辈的"静止"是相对的，也同那个时代的"静止"对应。《朝霞》是半部青春小说，读书和游弋是年轻人的基本生存状态，游弋可能是为了到达某目的地，更多的时候，游弋本身就是一个目的。在写这些年轻人的时候，作者是在写青春这个挥之不去的念想。青春本就是一种游弋，目的地总是不那么明晰，事业和爱情不知道何去何从，道路和时间却还很长。游弋是寻找，找的东西不是很具体，也不是很确定，足够幸运的人最后可能找到了自己。

● ● ○

《朝霞》是一部另类的上海小说，它写的不是物质的上海，是"思想"的上海，这是从来没有人认真写过的上海故事。这个故事的魅力将会在时间中慢慢发酵，就像是故事里的主人公们一样，默默而坚定地寻找着自己的路，"这里无人大声喧闹"。

24

《住在武康大楼》中的"对话"

　　武康大楼是"魔都"出镜率最高的建筑之一，它经常同原法租界、邬达克、宋庆龄故居、历史建筑保护等关键词一起出现。以口述史为主要内容的《住在武康大楼》，将这栋建筑本身、相关人物以及背后影影绰绰的城市史编织在了一起。除了访谈人与被访谈人之间的对话外，书中还隐含了另外几组值得寻味的"对话"。

　　其一，辅楼与主楼的"对话"。

　　我们现在所说的武康大楼实际上是由三个部分组成的：老武康大楼由万国储蓄会投资、著名匈牙利籍建筑师邬达克设计，落成于1924年，建筑面积最大；新武康大楼于1930年建成，与老楼以通道相连；辅楼为新老武康大楼共用的汽车库。1949年后，汽车库被改造成住房，主要分配给了工薪阶层，目前依然拥挤地居住着一百多人，条件较差。而主楼（指新老武康大楼，下同）那边，根据相关资料，1949年以前，除相当一部分侨民外，华人居民多为"金领"阶层，"户主的名字一般都很雅致，可见出生于知识家庭，男性居民大多是清华、南开等名校本科毕业生，多就职于九江路金融业、纺织业、医院等行业"。1949年后，人民政府将楼里的住宅分配给了南下干部、部队家属和文化界人士。由于大楼周边音乐学院、交响乐团、电影公司等文化单位密集，主楼住了不少文化名流（郑君里、赵丹、王盘生、孙道临、王文娟等人曾居住于此）和知识分子。

《住在武康大楼》共访谈了 13 位居民，并特意将辅楼里的两位居民纳入其中，虽篇幅不长，却丰富了这本书的社会学意义。被访谈人邱锦云女士和唐桂林先生，均于 20 世纪 50 年代入住辅楼，也都经历了一家多口蜗居在狭小空间内的逼仄生活。邱女士出生于此，一家 6 口人住 14 平方米，而唐先生两岁时入住，最拥挤时 5 口人住 19.7 平方米——这种居住条件和主楼形成了鲜明对比。由于辅楼和主楼在建筑上相连，所以我们可以把这个现象理解为，不同的社会阶层依照空间位置的不同（并非一般意义上的混居），从 1949 年至今，一直都在同一栋建筑中生活，彼此之间既区隔，又在某种程度上相连。访谈人显然也很关注武康大楼这个比较特殊的居住现象，在访谈过程中有心想要探究辅楼和主楼居民之间的关系。

两位被访谈人对于辅楼与主楼居民之间的交往记忆并不一致。唐先生的阶层意识较强，当被问及辅楼的小孩是否会去主楼玩耍，他回答说："不大去的。他们那里档次和我们不一样。"而在邱女士的记忆中，同样问题却有完全不同的答案："我们有联系的，完全有联系的。那个时候大家一起玩，虽然我们这里是汽车间，但这里的小孩都蛮有出息的，大家都跑来跑去一起玩的。"她言谈间的"平等"意识，和唐先生十分不同，这也许同个人的经历与性格有关。

邱女士口中"一起玩"的空间基础，是连接辅楼和主楼的大楼花园，人们可以在那里穿梭来去。这个大楼花园作为全体居民的公共空间，为不同阶层的孩子提供了游戏、交往的空间，成年人也可能在此发生一些往来。虽然这种空间联系是后天形成的（辅楼原本不住人），但在这个很微小的案例上，也可以看出公共空间在不同阶层交往中的作用。

公共空间的功能，在对王勇先生的采访中也被提及。他认为，主楼中占比很大的公共走道，一方面让住户在心态上不会感觉那么局促，基本的空间距离让人避免了争抢之心；另一方面，也为邻居们提供了交往平台。这种邻里间缓冲性质的公共空间，在后来的新建住宅中几乎被完全忽略，走道被视为纯粹的交通空间，面积在设计上被压缩到最小。邻居们没有对话的空间，见面最多寒暄两句便各自回家，一定程度上，这也是当下邻里关系十分淡漠的原因之一。

上述设计考虑到的公共空间，可以为住宅和社区设计提供很有价值的参考，公共空间所能承载的"对话"功能可以在更贴近生活的空间设计中得到实现。

其二，居民与武康大楼的"对话"。

一栋历史建筑的生命周期往往比一个自然人长很多，它就好像是一个时间的容器，迎来送往，建筑是主，居民是客。在访谈中，若干居民拥有相对能自我抽离的客居心态，这制造了他们与武康大楼进行对话的机会，而这些对话的结果成为《住在武康大楼》一书的亮点之一。

1954 年入住的林江鸿先生令人惊讶，所有访谈中，他对武康大楼历史的描述最完整、最全面。林先生退休以后开始研究这栋楼，通过档案阅读、听过去老人的叙述以及互联网搜索，林先生对武康大楼及曾在此居住过的历史名人有相当深入的了解。他提供了一些其他渠道不太容易找到的信息：1949 年以前，曾有白俄人在武康大楼居住，依据是邻居家女儿的口述——他们搬来时房间里留有白俄当时使用的家具；建国初期，苏联专家亦在此居住过，依据是他自己儿时的记忆（他甚至记得苏联邻居家两个孩子的名字）；江青于 1963 年造访过郑君里一家，与郑君里的夫人黄晨大约谈了一个小时，依据是郑君里儿子郑大里的口述。1966 年以后，林先生的口述继续提供各种人们知之甚少的人物线索，如为居延书简的转移做出重大贡献的名士沈仲章、中国舞台美术先驱王挺琦、《每周广播电视报》和《为了孩子》杂志创办人荒砂女士（原名芮琴和）等人的事迹。林先生显然对武康大楼倾注了很多心血，他是口述史项目最喜欢遇上的兼具亲历者和研究者身份的人物。他与武康大楼对话的方式，是站在研究者的角度去看待自己曾经亲历的历史，同历史对话，同自己对话。

另一位令人印象深刻的被访谈人是 1956 年入住的周炳揆先生，他是历史建筑保护的完美实践者。周先生在武康大楼居住了 60 多年，他家的房子是所有访谈对象中保护得最好的，除却统一被拆去的热水汀、烫衣板，他没有在历次装修中改动房屋的任何结构，甚至连墙面都不忍打洞，"现在只有我还在用窗式空调，为啥坚持到现在呢，是结构简单，不破坏房子，不打洞。人家把百叶窗丢了，我把人家丢的捡回来，要是我家的坏了就可以用这个补"。这种执拗到极致的做法，放在追求舒适和现代感的室内装潢潮流中，显得十分可贵。

即便是住到老房子中，绝大部分房主都会敲这弄那，要求改变房子来适应自己的居住需求。周先生则抱有完全不同的理念，一来他认为武康大楼当时的设计观念很先进，生活中需要的空间一应俱全；二来他受到工程师父亲的影响，父亲一直都讲"这个房子是什么样子就什么样子，不要去动它"；三来他认为房子的功能除了居住之外，还有对长辈的纪念——实际上，这就是历史建筑保护最朴素的出发点，我们保护曾经和将来都不属于我们的历史建筑，不就是为了纪念前辈和为后辈留下值得被纪念的东西吗？我们与历史建筑的对话，是溯源也是传承，是为自己的孤独感找慰藉，再把这份慰藉完好地传递给后人。

其三，武康大楼与世界的"对话"。

建筑作为最影响城市外观的存在物，是城市与世界对话的重要载体。殖民地时期的建筑是上海建筑史上绕不开的部分，外滩万国建筑群至今依然是上海的标志性形象之一。而殖民地时期的建筑所承载的情绪是有些复杂的，一面是十里洋场的光鲜，一面是民族积弱的屈辱，武康大楼就是其中一个缩影。武康大楼与世界的对话，在其落成时期以及将近百年后的当下最为活跃，这两个阶段的对话都以开放的姿态进行，但内涵却完全不同。

武康大楼初落成时是租界的产物。书中引用了《上海法租界史》的研究。该书提出武康大楼选址建造的位置，恰是法租界与公共租界的界限处，落成的建筑含有法租界向公共租界渗透和拓展的用意，一定程度上也是列强之间竞争和斡旋的焦点。建筑的拥有者为万国储蓄会，该机构的六位董事中有一位是中国金融资本家叶琢堂（其他五位皆外籍），从微观层面反映了当时租界范围内由外商和华商构成的复杂经济体系。1937 年字林洋行出版的行名录中记载了武康大楼当时的居住者，包括嘉第火油物业公司的销售总代理、美亚保险公司上海办事处的经理、西门子上海公司经理等侨民；30 年代的住户中有三分之一的姓氏是俄国人（住户 Katyak 提及的线索）；而书中口述史项目根据街道派出所的档案记录，查询到 1949 年以前入住的居民包括一部分华人"金领"。多元化的居民身份，是武康大楼开放性的一种表现，而当时的"开放"带有相当程度的"被迫"，是由殖民者主导的开放。华洋混合居住的阶段结束于 1949 年，"被迫"结束了，"开放"也暂时蛰伏。

时间来到 21 世纪，武康大楼近年来经历了两次比较重要的"更新"，一次是在 2007 至 2008 年间进行的"武康路综合整治"，另一次是 2010 年上海世博会前夕进行的"保护性修缮"。和普通的个体一样，以什么样的方式去看待自己"不堪回首"的过去，取决于自信程度。历史建筑保护的兴起，原因之一自然是城市能够更加理性地看待自己的历史，原因之二则是务实精神，历史建筑作为上海的"门面"，不仅有独特的文化价值，也是城市自我营销的重要工具。上海最早的繁荣是因为开放，上海将来的繁荣亦依赖于开放，依赖于以什么样的方式去包容历史的和当下的各种不同价值观与文化之间的碰撞。

"老外"又回来了。被采访者 Katya、Adam 夫妇 2007 年刚来上海不久就住进了武康大楼，以此为基地进行上海历史与文化研究。对武康大楼本身的浓厚兴趣改变了他们的研究轨迹，基于 Katya 的俄罗斯籍身份，二人在基本完成上海老城厢项目后，开始投入俄国人在上海的历史研究，并惊奇地发现，武康大楼正是其中一个重要线索。根据 Adam 夫妇的见闻以及其他居民的口述，目前武康大楼居住了相当一部分的外籍人士，大约在 10 到 20 户。这里又重新变成了中外混住的社区，而这一次的开放是建立在自主和平等基础上的开放，是与世界分享属于人类的文化遗产。武康大楼与世界的对话将会继续进行下去，内容也将越来越丰富。

● ● ●

　　一栋历史建筑的生命力在于其所能提供的"对话"空间，它可以是对话的发生地，也可以是对话的主体。《住在武康大楼》也许是上海第一部以一栋历史建筑为联结纽带的口述史读物，它的意义可能并不在于内容的有趣和扎实，而是在于拓展了历史建筑所能提供的"对话"空间，让更多的人参与到对话之中。它可以成为一个范例，不久的将来，在历史建筑口述史这个主题下，会出现更多精彩的作品。

我思，我读，我在
Cogito, Lego, Sum